Isabelle Morot-Sir

Sans relâche…

Du même auteur

Aux éditions Publibook

À l'aube du soleil vert, 2003
La Fleur bleue, 2004
Attention ! Un train peut en cacher un autre, 2005
El Matador, 2005
De lettres en lettres… Année 1912, 2006
Journal personnel et intime d'une nouvelle Zingara, 2007
El Matador 2, 2013
La Citadelle des Dragons, 2014
Le journal de Lorelei, 2014
El Matador 3, 2015
De lettres en lettres… année 1925, 2015
La fleur de l'ombre, 2016

Éditions Indépendantes

Une histoire de coquelicot, 2017
La citadelle dans la montagne, 2017
Les carnets de Lou-Anne 1 : La Louve, 2017
El Matador 4 : Milestone, 2018
La fleur de l'ombre, 2018

L'espoir, ce n'est pas l'optimisme.
Ce n'est pas non plus la conviction qu'une chose va
bien se passer, mais au contraire la certitude que
cette chose a un sens, quelle que soit la façon dont
elle va se passer.

Václav Havel

Aujourd'hui

Un frisson imperceptible agitait les houpiers des érables embrasés par la saison, effleurant les cimes flexibles des mélèzes. Le souffle frôla la surface étale du lac, faisant naître d'imperceptibles vaguelettes qui allèrent en clapotant sur la rive en galets, heurtant dans le même élan un vieux ponton en bois dont les planches grincèrent en mille protestations douloureuses.

Des feuilles s'étalaient en tapis éclatants, parsemant le toit moussu d'une rude maison en fuste. C'était là plus une cabane, blottie en animal têtu contre le flanc arrondi d'une colline, qu'une réelle demeure. Du moins, pas ce qu'on pouvait en attendre actuellement !

Toutefois, un mince filet de fumée s'élevait en panache de la cheminée faite dans ces lourds galets apportés par le lac. Le souffle l'emmenait en tourbillons, dispersant son odeur de bois et de résine au-dessus de la forêt. À des dizaines de milles de là, un ours se redressa, éternua, avant de se remettre à grignoter un massif de mûres tardives. Il était plus que temps pour lui de partir hiberner, il le savait, mais comment résister à ces dernières douceurs ?

Dans la cabane-maison, une voix s'éleva accompagnée du raclement caractéristique d'une porte qui s'ouvre. Un écureuil au pelage argenté se figea, les joues gonflées des pignons qu'il récoltait sur le vénérable sapin jouxtant l'habitation. La porte fut rabattue avec brutalité, tandis qu'une masse confuse de poils gris, roux et blanc soutenue par de nombreuses pattes, s'élança en jappant. Une jeune femme aux cheveux châtain clair, vaguement ramenés en queue de cheval, considéra la joie de ses compagnons avec un court sourire, tout en lançant :

— Ne partez pas trop loin les gars !

C'était bien inutile. Les deux frères étaient déjà hors de portée, tout entier concentrés sur la piste encore fraiche d'un lapin. Ils avaient ignoré celle d'une moufette, l'expérience étant une excellente alliée à certains moments ! Leurs longs nez collés au sol, ils trottaient sans bruit sur l'humus souple du sous-bois, dérangeant à peine les aiguilles de pins qui recouvraient le sol.

Là-bas, sur le pas de la porte, la jeune femme respira avec une satisfaction apaisée l'air frais de cette première matinée d'un été indien radieux. C'était le troisième miracle automnal auquel elle assistait, ces journées d'étranges parenthèses à la douceur estivale et cependant enflammées par cette saison. Celui-ci, néanmoins, avait un je ne sais quoi de particulier, de plus exceptionnel encore. Peut-être est-ce la douceur presque tiède de l'air ? La flamboyance de la forêt boréale ?

En cet instant la beauté du présent la submergea. Elle resta là, à se laisser envahir par l'intensité du moment, heureuse de pouvoir aujourd'hui se permettre ce luxe. Heureuse non pas d'avoir oublié, l'oubli n'était pas envisageable, mais de pouvoir vivre en appréciant les cadeaux de l'instant. Le passé était fini, ne lui apportant que douleurs et regrets sur lesquels elle n'avait nulle prise. Le futur, lui, s'étendait telle une terre inconnue noyée de brumes. Seul le présent lui appartenait. Depuis le temps elle avait appris à l'apprivoiser et à s'en contenter. Elle repoussa une mèche trop longue, trop indisciplinée, échappée comme des dizaines d'autres de leur vague attache.

Elle s'étira, bâilla avec un plaisir tout animal avant de songer qu'il était plus que temps d'envisager un café. Elle avait travaillé une bonne partie de la nuit, comme souvent lorsqu'elle devait se mettre d'accord avec l'un des nombreux auteurs français pour lesquels elle collaborait. Le décalage horaire n'était pour eux en aucun cas leur affaire. Seule comptait la traque de la plus minuscule faute ou coquille. Par chance, c'était une sorte de jeu auquel elle excellait. Elle frissonna dans son gros pull en laine, enfilé sur un top blanc et un short en jeans usé qui avait dû connaitre des jours meilleurs, mais qu'importait cela. Elle referma la porte et se dirigea vers le coin cuisine qui occupait tout un pan de sa maison. Oui, pour elle cette cabane aux murs faits de troncs lourds et tortueux était devenue au fil du temps son véritable foyer. Au milieu de la pièce, trônait un poêle, relique en fonte d'un temps où l'obsolescence n'était pas un mot figurant dans le dictionnaire. Elle frotta ses bras afin de se réchauffer, puis attrapa une cafetière italienne sur le plan de travail en planches polies et lustrées par l'usage. Elle farfouilla sur des étagères et en quelques gestes, elle remplit la cafetière avant de la poser sur le fourneau qui ronronnait comme un chat. Suspendues à des crochets, quelques tasses dépareillées attendaient une prochaine utilisation. La jeune femme saisit l'une d'elles qui annonçait en lettres flamboyantes : « I can't ! I must walk my unicorne ».

Une fenêtre, longue et basse, s'ouvrait tout au long du coin cuisine, offrant une vue exceptionnelle sur le lac, et plus loin, là-bas, sur des montagnes aux sommets déjà enneigés.

Elle ne se lassait jamais de ce panorama, toutefois un froissement inhabituel sur les eaux étales, lui fit froncer les sourcils. Soudain, le son déplacé d'un moteur provoqua l'envol de tous les oiseaux des arbres environnants. Elle se redressa, surprise. Était-ce le jour de sa livraison de provisions hivernales ? Déjà ? Hank n'était-il pas un peu en avance ?

Virant sur une aile en un lent virage d'approche, un petit hydravion rouge vif, amorça une arrivée moins prudente que d'ordinaire. Les flotteurs heurtèrent presque brutalement la surface de l'eau, tandis que l'hélice du monomoteur ralentissait par hoquets. L'avion glissa vers le ponton avec une douceur irréelle. La porte latérale de l'appareil se rabattit, tandis qu'un homme à la solide carrure sautait sur les planches fatiguées.

Elle fronça un peu plus les sourcils tandis que son cœur, comme frappé d'un coup de poignard, se déchirait. Son cerveau n'avait pas encore pris conscience de ce qui se passait, alors que son cœur, qui ne parvenait plus à battre, semblait l'étouffer. Sans doute savait-il déjà.

Attirées par le bruit inhabituel du moteur, deux grosses masses poilues jaillirent de l'orée du bois, dégringolèrent sans même ralentir la courte pente menant au lac. En apercevant l'homme sur le ponton en train de passer un bout autour d'un anneau rouillé, afin de maintenir l'avion en place, les deux frères poussèrent un puissant grondement tenant plus du loup que du chien. Du loup, d'ailleurs, ils en avaient tout l'aspect entre le poil dru et rude, les longues pattes et le corps musculeux.

En entendant le hurlement, mi-grondement mi-aboiement, l'homme se redressa. Il semblait plus surpris qu'effrayé par l'accueil. Soudain, les chiens se figèrent au milieu du ponton, la truffe frémissante, l'œil interrogateur. Leur poil gonflé se lissa, leur grondement s'étouffa remplacé par de brefs couinements de chiots. Ils se mirent à ramper en pleurant, tout en battant les planches vétustes de leur panache touffu.

L'homme, campé devant eux, les considéra une seconde avec une sorte de perplexité avant qu'un sourire ne vienne illuminer son visage. Ce fut comme un rayon de soleil balayant toute l'âpreté d'une vie, toutes les désillusions et les souffrances accumulées qu'il portait une seconde encore sur ses traits trop sévères. Il éclata d'un rire qui résonna dans toute la vallée, alors qu'il s'accroupissait afin d'accueillir les deux énormes chiens. Ces derniers se jetèrent sur lui afin de lui faire la fête. Avec une joie égale, ils se retrouvèrent en une boule de poils, de jeans et de cheveux bruns, les grands Loups de Tchécoslovaquie et le solide pilote, tous trois pleurant d'un bonheur qu'ils n'espéraient plus.

La jeune femme, statufiée, considérait la scène sans parvenir à y croire, le souffle bloqué et le sang figé dans ses veines. La tasse qu'elle tenait encore, glissa entre ses doigts, n'en finissant plus de tomber alors que tout ce qu'elle avait tenté d'oublier lui revenait avec la brutalité d'une lame de fond.

Elle ne pouvait détacher son regard de lui, embrassant ses chiens, tandis que la tasse poursuivait sa chute avec une lenteur exaspérante. Son cœur n'était plus que feu et glace. Des larmes qu'elle ne sentait pas, coulaient sur son visage, alors qu'elle se mordait les lèvres pour ne pas crier. Il était là. La vie l'avait ramené jusqu'à elle, et avec lui tout le passé.

Lui.

Son mari…

Dix ans auparavant…

Chapitre 1

La jeune fille ouvrit son ordinateur puis une page de traitement de texte. Pendant de longues minutes elle écrivit avec concentration et entrain. Elle tenait son PC sur ses genoux, assise dans un lit en désordre et submergé de livres. Elle relut ce qu'elle avait écrit, fit quelques corrections avant de se redresser avec satisfaction. Elle repoussa une mèche châtain dont les pointes étaient d'un étrange mauve tirant sur le parme. Elle ouvrit une session sur internet, cliqua sur ses favoris afin d'accéder à un site s'intitulant « Gator's Books ». Elle copia ce qu'elle avait précédemment rédigé, avant de le coller dans son blog. Elle travailla encore quelques minutes sur son article, plaçant une jolie photo, vérifiant une fois encore orthographe et coquilles. Une fois cela fait, elle appuya sur la touche « publier » puis s'étira en faisant craquer ses articulations.

À cet instant la porte de sa chambre s'ouvrit sur une sorte de tornade multiple. Sa mère et sa jeune sœur entrèrent sans frapper ni s'annoncer, comme si à présent toute politesse était mise de côté. Elle laissa échapper un soupir agacé, qui alla en s'accentuant lorsque sa mère s'exclama.

— Encore sur cet ordinateur ! C'est une maladie !

Elle protesta, les dents serrées sur une colère rentrée.

— Maman je tiens un blog littéraire.

Sa mère haussa une épaule indifférente.

— En parlant de ça tu as encore reçu deux livres aujourd'hui. Je ne comprends pas que des gens puissent te faire cadeau de livres ; c'est insensé !

— Maman, les gens ne m'offrent pas des livres ! Je fais des services presse, j'écris des chroniques et des critiques pour des auteurs ou des maisons d'éditions. Je t'ai déjà expliqué ça cent fois.

Axelle laissa tomber sa sacoche sur le fauteuil près du lit, tout en tendant deux petits paquets à sa sœur aînée.

— Râle pas Lora, tiens voici un peu de lecture au cas où tu en manquerais.

C'était dit avec un ton tellement ironique que la jeune fille ne put s'empêcher d'éclater de rire. Sa sœur, de trois ans sa cadette, avait toujours eu le don de la mettre de bonne humeur. Et puis l'idée de nouvelles lectures était trop séduisante pour pourvoir rester longtemps contrariée. Avec avidité elle saisit les colis, jetant hâtivement un œil sur les expéditeurs. Un sourire radieux illumina son visage : pile ceux qu'elle attendait. Elle n'eut cependant pas le temps d'apprécier, car sa mère remarqua :

— As-tu travaillé tes cours au moins ?

— Mais oui… Je n'ai plus dix ans voyons !

— Je n'ai jamais dit ça Lora ! Ce que tu peux être susceptible. Je dis simplement que perdre une année serait stupide. Si tu t'accroches tu peux avoir ta licence, ça vaut le coup de te battre non ?

La jeune fille repoussa son PC tout en le refermant d'un geste plus sec qu'elle ne le voulait : sa mère avait tendance à la pousser à bout. Surtout en ce moment. Déjà, l'appeler Lora comme si elle avait cinq ans était ridicule. Pourquoi personne dans cette famille ne semblait capable de l'appeler par son prénom entier sans le dévoiler ? Oui elle se nommait Eléora, à eux d'assumer leur fascination pour Willow, pas à elle. Enfin, cela n'était qu'un énième sujet d'agacements, ni le plus grave ou le plus important. Elle comprenait leur inquiétude, oui, mais la pousser sans arrêt comme si elle était une mule récalcitrante, était à la fois pénible et démoralisant. Pour l'instant garder le moral lui paraissait la base, et compte tenu des circonstances, pas si évident que ça, du moins cela lui semblait passer bien avant l'obtention de ce fichu examen.

À demi-enfoui sous un bazar de livres et de couvertures en désordre, son smartphone commença à vibrer, annonçant l'arrivée silencieuse de notifications. Eléora hésita avant de s'en saisir, le retrouvant entre deux tâtonnements. Elle jeta machinalement un coup d'œil aux messages, bien qu'elle sût combien ce simple geste irriterait sa mère. La plupart étaient des réponses concernant l'article qu'elle venait tout juste de mettre en ligne. Déjà. Elle avait commencé ce blog lors de sa première année de fac en littérature, poussée à vrai dire plus par Noah que par son envie propre. Il avait fini par la persuader de partager ses lectures et ses avis. De toute façon, il parvenait toujours à la convaincre. Elle se souvint de son sourire à la fois doux et goguenard, il savait qu'elle finirait par lui donner raison. C'est ce qu'elle faisait depuis ses neuf ans lorsqu'ils s'étaient retrouvés assis côte à côte, dans la même classe. Ils n'avaient pourtant de prime abord rien en commun. Il était un gamer, passionné par les maths et la SF, alors qu'elle n'était attirée que par les mots et les livres, et ce depuis toute petite. Mais ils se comprenaient. Ils se complétaient. Il lui faisait ses devoirs de maths ou de physique tandis qu'elle lui rédigeait ses dissertations et ses fiches de lectures. Ils s'ouvraient mutuellement d'autres horizons, s'enrichissant l'un l'autre. Elle lui lisait du Baudelaire tandis qu'il lui fourrait entre les mains des mangas. D'ailleurs, ces univers tout en outrance l'avaient fascinée, l'avait même influencée. Elle avait renoncé à ses tenues sages au profit d'un style plus assumé de mini jupes et de collants qui soudain mettaient en valeur sa silhouette fine, délicate. C'est grâce à lui aussi, qu'elle avait osé laisser pousser ses cheveux et surtout les teindre en parme.

C'est en Première que leurs rapports avaient changé, même cela avait semblé naturel. Il n'était pas son premier amour, il était son ami, son tout. Sa vie. Sa mort ce soir-là avait donc été d'autant plus cruelle. Elle ne l'avait d'ailleurs toujours pas acceptée. Alors que sa mère vienne la pinailler sur ses études, lui semblait le comble de l'insensibilité.

Son blog était, outre ses souvenirs, l'une des rares choses qui lui restait de lui. C'était leur projet à tous les deux. Il lui avait monté tout son site, il l'avait guidée dans les méandres de l'informatique, et petit à petit elle s'était prise au jeu. Elle ne pensait pas que ses modestes avis puissent intéresser qui que ce soit, pourtant à son propre étonnement, de plus en plus de personnes avaient commencé à la suivre. Peut-être parce qu'elle donnait des retours clairs et sans ambigüité ? En tout cas, en peu de temps, le Gator's Books était devenu un blog littéraire quasi incontournable.

Aujourd'hui, il était la seule accroche qu'elle avait. La seule chose qui lui permettait d'affronter une nouvelle journée sans Noah. Mais cela, sa mère s'en fichait… Alors tant pis si elle était outrée qu'elle jette un œil à ses notifications. Cela ne manqua pas. Plissant les lèvres, elle lança :

— Tu pourrais laisser une seconde ce téléphone, non ?

Axelle, sensible comme souvent, attrapa son sac tout en grimaçant.

— Maman j'ai deux tonnes de devoirs…

Sa mère lança un coup d'œil à sa fille ainée, avant de lâcher :

— D'accord de toute façon je dois préparer le repas.

Alors qu'elles passaient toutes deux la porte, Axelle se retourna, grimaça un sourire à sa sœur tout en chuchotant un « à plus » à la fois encourageant et joyeux. Les deux sœurs étaient très différentes l'une de l'autre, tant physiquement que mentalement. Axelle ressemblait à une petite elfe ou à une versatile leprechaun, avec ses mèches de miel, ses yeux de chat et son tempérament à la fois charmant et colérique. En grandissant elle avait appris à maîtriser ses sautes d'humeur… La plupart du temps !

Eléora, elle, avait hérité des lourds cheveux de son père, ni frisés ni raides, n'ayant comme elle le déplorait, aucune personnalité ni le courage d'être quoi que ce soit. Leur couleur, crotte de chien malade comme elle la qualifiait, n'aidait pas leur manque de caractère. Elle n'était toutefois pas très objective à propos d'elle-même. En réalité, elle possédait une beauté diaphane due pour une part à son corps mince, presque fragile et pour une autre à sa personnalité à la fois solaire et hypersensible.

Chapitre 2

Elle retourna un sourire aussi grimaçant à sa sœur, soulagée de leur complicité et d'être enfin un peu seule. Elle n'avait pas beaucoup de recours à attendre de la part de ses parents. Sa mère était une sorte de tornade effrayante, quant à son père, débordé de travail, il n'était présent que par intermittence. Elle avait d'ailleurs toujours soupçonné que cette surcharge de boulot n'était qu'un moyen bien pratique de fuir leur maison. Enfin elle était en quelque sorte habituée. Elle soupira, puis s'allongea confortablement dans son lit afin de répondre aux divers messages. Une fois fait, elle prit le temps de partager sa chronique sur divers réseaux sociaux où elle avait un nombre grandissant de followers. Les notifications continuaient à arriver par vagues, auxquelles elle devait répondre avec une constance faisant aussi partie de son rôle de blogueuse. Elle ne détestait pas du tout cette partie-là, elle lui prenait seulement beaucoup de temps sur ses lectures, ce qu'elle déplorait.

Néanmoins, depuis la mort de Noah, elle s'était quelque peu distanciée de ceux qui la suivaient, ne parvenant plus à supporter de débiter des banalités. Personne ne savait ce qu'elle traversait, hors ses proches. Elle n'avait eu ni le courage ni l'envie d'ailleurs de le partager avec la face du monde. Sa douleur lui appartenait, à elle seule. Elle n'avait cure de la gentillesse mièvre des autres. Elle préférait lécher ses blessures dans le fond de sa tanière, telle une louve malade.

De nouveaux followers arrivaient chaque jour. Suivant son humeur ou ce qu'ils étaient, elle les suivait ou pas. La plupart du temps elle suivait en retour par politesse, sauf si le sujet était beaucoup trop outrageux ou tendancieux. Il y avait des limites qu'elle ne franchissait pas ! En général elle n'avait que peu de questions à se poser, puisque la majorité de ses followers était composée d'auteurs, de lecteurs passionnés ou de maisons d'éditions plus ou moins prestigieuses ou tout à fait inconnues.

Alors qu'elle prenait enfin le temps d'ouvrir ses deux paquets pour en sortir les livres qu'elle attendait avec une impatience curieuse, son smartphone vibra encore. Elle jeta un coup d'œil machinal à ses notifications. Retweets et likes venaient accueillir sa dernière critique, lui ramenant du même coup, quelques followers de plus. Elle regarda avec une curiosité un peu blasée, qui la suivait ce soir. Deux auteurs Indépendants dont elle lirait volontiers les ouvrages, un éditeur spécialisé en Fantasy, des lectrices boulimiques et un… Un quoi ? Elle cliqua sur le profil tout en considérant la photo avec un brin d'incertitude. Elle représentait un escargot portant un casque et des lunettes de courses, arborant une sorte de panneau collé sur l'arrière de sa coquille spiralée : « Trust your dream ». Étonnant. En-dessous, sa signature annonçait sans ambages: « You see, in this world there's two kinds of people, my friend: those with loaded guns, and those who dig. You dig. » Elle n'était pas très cinéphile, néanmoins la référence au « Bon, La Brute et Le Truand » ne pouvait lui échapper. Intéressant, du moins cela la changeait de ses followers usuels. Un drapeau américain complété par un North Carolina annonçait avec clarté à qui elle avait affaire. Son nom « Clint » semblait presque couler de source. Sans doute pas quelqu'un qui lirait ses avis avec assiduité, mais qui sait ? Elle cliqua sans plus réfléchir sur abonnement, puis posa son smartphone sur la table de nuit. Elle repoussa les livres encombrant le lit, se glissant avec un soupir d'aise sous les couvertures. Elle saisit un roman au milieu du désordre, s'immergeant dans sa lecture.

Elle était fatiguée, cependant comme toujours la lecture la rasséréna, l'emportant vers un ailleurs dépaysant et exaltant. Alors qu'elle attaquait le début du deuxième chapitre, son téléphone s'agita sur la table de nuit. Elle s'en saisit davantage par habitude, que par envie. Parce qu'elle ne pouvait se départir du vague espoir que Noah lui envoyait un message. Il était parfois difficile de se défaire des vieilles habitudes, malgré les semaines et les mois passés. Elle n'était pas dans le déni. En aucun cas. Elle savait qu'il était mort, pourtant son cœur espérait toujours, aussi bête que cet espoir paraisse.

Bon un message privé, bien sûr il ne provenait pas de Noah, qui, là où il était à présent n'avait sans doute pas accès à la 4G. Il venait de Clint et son escargot de compétition. Elle l'ouvrit, mûe par une curiosité désabusée. « Encore un qui va me draguer à cause de ma photo de profil » songe-t-elle aussitôt avec agacement. Rédigé en anglais, il disait ceci :

— J'ai vu que vous étiez passionnée de lecture, j'ai visité votre site qui est magnifique. J'ai hésité à vous contacter, mais peut être pourriez-vous m'aider ? Je cherche des conseils sur des lectures en français sachant que ma maîtrise de cette langue n'est pas très bonne, mais que je souhaite progresser.

La jeune fille resta stupéfaite quelques secondes. Tiens voilà un message des plus inhabituels ! D'ordinaire, elle recevait soit des demandes de services presse de la part d'auteurs en mal de faire connaitre leur roman, ou de maisons d'éditions tout aussi avides de retour de blogueuses influentes. Ou alors des dragueurs qui confondaient les divers réseaux sociaux et croyaient se trouver dans un club de rencontres... Il est vrai que sa photo de profil attirait, elle en était bien consciente, toutefois elle ne tenait pas à la changer. Pas encore. C'était Noah qui l'avait prise et le souvenir de cet après-midi de shooting et de rires dans un champ couvert de fleurs était encore trop vivace pour qu'elle y renonce pour une poignée de malappris.

Celui-là pourtant ne semblait pas faire partie de cette catégorie. D'aucune catégorie à vrai dire !

Par chance sa maîtrise de l'anglais, si elle n'était pas parfaite, était tout à fait acceptable. Elle n'hésita pas à répondre dans la foulée :

— Salut, oui en effet j'aime les livres et je suis blogueuse littéraire, cependant vous conseiller un livre va être compliqué, je ne suis pas prof de français ! Mon rayon ce sont les romans, pas les bouquins d'apprentissage.

— Oh désolé de vous avoir dérangée dans ce cas. C'est qu'étant en ce moment en Europe je voudrais en profiter pour consolider mon français.

— Je comprends, je peux essayer de me renseigner si vous voulez ?

— Ce serait très sympa de votre part.

— Aucun souci. Bonne soirée.

— Merci bonne soirée à vous.

Elle reposa son smartphone, dont elle utilisait plus le côté smart que phone d'ailleurs, songeant une seconde à cette courte conversation : à qui pourrait-elle bien s'adresser pour une telle requête ? Presque aussitôt le nom d'une auteure spécialisée dans des récits de nouvelles courtes, au style concis voire dépouillé, lui traversa l'esprit. Oui, demain elle lui donnerait ce contact. Pour l'instant elle avait bien mieux à faire. Satisfaite d'avoir d'ores et déjà résolu ce problème, elle se replongea aussitôt dans sa lecture.

Chapitre 3

Malgré les températures tout à fait saisonnières, qui irisaient de perles glacées les touffes herbues des bas-côtés, il transpirait plus que nécessaire. Il ne ralentit cependant pas, les dents serrées sur un dernier effort. En aucun cas il ne montrerait qu'il subissait à présent un exercice qui n'était rien pour lui quelques mois auparavant. Il fulmina intérieurement, ce qui lui donna l'influx nécessaire pour beugler quelques ordres à son escouade. Il savait que retrouver tout son potentiel demanderait du temps, cela ne l'empêchait pas d'en être contrarié.

Tandis que ses hommes effectuaient une série de pompes, il sentit son téléphone vibrer dans l'une des larges poches de son treillis. Il en fut si étonné qu'il regarda ce que cela pouvait être. Personne ne lui envoyait de message. Qu'est-ce que cela signifiait ? Presque inquiet il jeta un coup d'œil à l'appareil, soulagé soudain de voir la simple notification d'un message privé provenant de Twitter. Ce n'était que ça. Quelques semaines auparavant plusieurs de ses collègues lui avaient conseillé d'essayer de rencontrer des gens via les réseaux sociaux. Cela ne lui avait pas semblé une idée si séduisante, mais il reconnaissait qu'il devait d'une manière ou d'une autre rompre sa solitude, se tourner vers autre chose que les images qui hantaient ses nuits. Il avait donc ouvert une session sur Twitter et commencé à surfer sur ce média. Cela ne lui avait pas paru bien passionnant. Les contacts qu'il avait vaille que vaille établis étaient plutôt décevants. Jusqu'à ce qu'il tombe sur la photo de cette jeune française. Il était resté en arrêt pendant de longues minutes, stupéfait et admiratif.

C'était moins ses longs cheveux parme et ses yeux clairs qui l'avait attiré, que l'émotion qui la transcendait : elle semblait radieuse. Il avait parcouru son profil, regardant ce qu'elle aimait, essayant de deviner ses réponses avec le peu de français dont il disposait. Il avait très vite compris qu'elle était passionnée de bouquins et de lecture. Un petit tour sur son blog le lui avait confirmé, tout en l'impressionnant quelque peu : elle semblait presque être une professionnelle !

Sans plus réfléchir, parce qu'il était quelqu'un de décision, il s'était abonné, espérant sans trop y croire qu'elle le ferait en retour. Pour son propre profil, il avait volontairement opté pour une photo plus neutre que ce qu'il était en réalité, essayant par ce biais ou ce subterfuge de ne pas trop prendre les gens à rebrousse-poil. Lorsqu'elle l'avait suivit, il avait alors osé la contacter. Après tout, il n'avait rien à perdre. Il avait réfléchi deux minutes à une approche pas trop frontale, songeant qu'une telle fille devait avoir une foule d'admirateurs. La subtilité n'était pas forcément l'une de ses qualités les plus évidentes, toutefois il était intelligent et chanceux ce qui compensait assez bien.

Avec un plaisir qu'il dissimula sous le masque impénétrable, presque dur de ses traits, il lut la courte réponse qu'elle lui avait faite : un lien vers une auteure française, comme promis. Elle semblait donc quelqu'un de fiable et qui tenait parole, voilà qui était intéressants, voire inédit. Tandis qu'il criait à ses hommes d'aller sous la douche, il pianota rapidement :

— Merci pour votre retour, j'irai voir ça à ma prochaine pause. Passez une bonne journée.

Il s'apprêtait à suivre son escouade, lorsque le smartphone vibra presque aussitôt, à sa propre stupéfaction :

— Bonne journée à vous aussi, et tenez moi au courant. Eléora.

— Bien sûr !

Il rempocha son téléphone, incertain de ce qu'il éprouvait alors que ce prénom, étrange, tourbillonnait dans sa tête. Eléora.

Chapitre 4

La jeune fille après avoir répondu à quelques messages, se rallongea en bâillant, appréciant le lever de soleil qui chassant les ombres nocturnes, colorait peu à peu sa chambre en de timides aquarelles roses, rouges ou orange. Lorsqu'elle était entrée la première fois dans cette pièce, elle avait eu un étrange coup de foudre pour sa luminosité et pour ses murs blancs et sobres, qui renvoyaient le moindre rayon de soleil, sans compter l'immense fenêtre occupant tout un pan de mur. Elle était restée plusieurs secondes bouche bée, fascinée par la clarté de la chambre, par la cime d'un immense mélèze, les houpiers touffus d'un hêtre et de quelques érables dansant dans la brise. Les arbres poussaient en un minuscule point de verdure, abritant un parc aux pelouses bien tondues ainsi qu'un petit espace de jeux pour enfants. Durant la belle saison, elle avait pu contempler des hordes de mamans y déambuler, accompagnées de nichées d'enfants joyeusement frondeurs. La vue n'était pas terrible : en face des bâtiments, en contre bas, un parking. Pourtant depuis la table poussée sous la fenêtre, lui servant de bureau où étaler ses cours et surtout ses livres, elle apercevait l'espace de verdure perdu au milieu du béton comme une sorte d'îlot d'espoir. C'était devenu pour elle un symbole auquel se raccrocher. Oui Noah était mort, mais elle non. Jamais il n'aurait souhaité la voir renoncer. Il l'aimait trop pour ça. Alors elle s'obligeait à faire ce qu'elle faisait d'ordinaire, et chaque jour était un pas de plus vers l'acceptation.

Elle aimait voir les jours et les saisons passer sur les arbres. Tandis que l'été, brûlant, avait jauni les pelouses, c'était au tour de l'automne d'empourprer les feuilles des érables. Bientôt l'hiver viendrait, les poudrant d'une neige étincelante pour quelques trop courtes journées, tandis que le printemps les transfigurerait de verts éclatants, couvrant le moindre rameau d'une outrance verdoyante. Mais il n'était pas encore temps pour le renouveau.

Pour l'instant elle avançait cahin-caha et chaque jour passé était une victoire.

Au milieu de cette débâcle, elle s'était raccrochée avec force et désespoir à ce qu'elle pouvait. Il ne lui restait que son blog et la lecture, en dehors de ses cours bien sûr, alors ce fut sa bouée de sauvetage. Elle ne s'illusionnait pas : cela l'était aujourd'hui encore, elle était suffisamment lucide pour s'en rendre compte. Elle plongeait dans de nouvelles lectures comme d'autres glissent vers des paradis artificiels, car oui les livres étaient sa drogue. Grâce à eux elle vivait mille vies, s'empêchant pour un temps de penser à la sienne, et c'était mieux ainsi.

Chapitre 5

Le soir même, allongé sur son lit, il cliqua sur le lien envoyé par la jeune française, curieux de savoir vers où elle l'avait aiguillé. Il tomba sur le site d'une auteure spécialisée dans l'écriture de nouvelles courtes, à l'écriture simple et concise. Les sujets étaient cependant intéressants. Il se surprit à tenter de lire quelques textes qu'elle avait mis à la disposition des lecteurs. Il abandonna toutefois très vite, son niveau était beaucoup trop lamentable pour déchiffrer plus que quelques mots. Il ne réussirait jamais à comprendre quoi que ce soit dans cette langue, à moins d'être secondé par Google Translate. Mais en réalité peu lui importait. Plutôt content il ouvrit sa messagerie Twitter et écrivit à la jeune fille :

— Merci de vous être donné la peine de me trouver ces textes. Ce que fait cet écrivain est très intéressant.

Allait-elle lui répondre ? … C'était là toute la question.

Eléora était couchée sur le ventre, ramassée sous ses couvertures, absorbée par la lecture immersive du dernier Fred Vargas, lorsque son smartphone posé sur son oreiller cliqueta, la faisant sursauter. Elle jeta un coup d'œil à la nouvelle notification, surprise de voir un message provenant de son follower inclassable : l'escargot américain. Curieuse elle le lut, satisfaite soudain d'avoir pu rendre service à quelqu'un. Que l'un de ses actes, si minime soit-il, ait eu un impact sur un autre. Dans son désert de solitude, ponctué de douleurs, où elle était plongée depuis des mois c'était presque inespéré. Elle se sentait non seulement seule, mais surtout inutile. Aujourd'hui peut-être, ce qu'elle avait fait, avait compté pour une personne sur cette planète. Ce n'était pas si mal. Alors oui elle pouvait se sentir satisfaite, ce n'était pas une émotion qu'elle éprouvait beaucoup ces derniers temps.

Emportée par cette impression de contentement, elle n'hésita pas à répondre dans la foulée un « You're welcome » qui lui sembla poli tout en indiquant qu'elle avait vu son message. Après tout il ne méritait pas l'affront qu'elle lise sans même répondre.

Presque immédiatement une réponse fusa sur l'écran :

— C'était vraiment très gentil de votre part, peu de gens font ce genre de chose : à la fois de tenir parole et d'être amical. Pour ça merci.

— Ne me remerciez pas ce n'était pas grand-chose.

La conversation glissa, d'un sujet à l'autre. Il lui demanda ce qu'elle lisait, ce qu'elle aimait lire, ses auteurs favoris. C'était des questions auxquelles même avec la meilleure volonté, elle était incapable de résister. Sans doute n'était-elle pas dupe, et tout au fond elle avait conscience qu'il ne cherchait qu'à entrer en contact avec elle, de manière plus habile que la plupart des dragueurs du web c'est tout. Cependant elle ne pouvait se départir de son enthousiasme pour les livres, c'était impossible. Elle lui répondit donc avec une fougue et une exaltation qu'elle n'avait plus éprouvées depuis fort longtemps. À vrai dire ce n'était pas désagréable, loin de là, de discuter avec quelqu'un.

Ainsi elle apprit que son écrivain préféré était John Steinbeck, qu'il aimait les livres historiques ou les thrillers, mais ne crachait pas sur un Stephen King, sa saga favorite étant celle de « la Tour sombre ». Lorsqu'elle lui confia que son auteur fétiche était Zola, elle le vit hausser une épaule virtuelle : il ignorait tout des écrivains français !

Au bout d'une petite demi-heure d'échanges à bâtons rompus, il lui souhaita une bonne nuit, la laissant retrouver sa lecture. Une étrange sensation de frustration l'interpella une seconde, sans doute parce que d'ordinaire c'est elle qui clôturait les échanges et pas l'inverse. Cet escargot de Caroline était décidément plein de surprises. Elle fit une moue, éteignit son téléphone et se replongea avec gourmandise dans les aventures du commissaire Adamsberg.

Il était fort tard lorsqu'elle referma l'ultime page du roman, avec un déchirement mêlé de soulagement. Tout finissait bien, néanmoins quelle tristesse de quitter ce monde et ces personnages ! Elle s'endormit presque aussitôt, l'esprit serein.

Chapitre 6

Le lendemain, une journée comme tant d'autres débuta, une journée où la pluie dégoulinant sur les vitres ne lui offrit même pas le moindre rayon de soleil. Les arbres frissonnaient et semblaient se ratatiner sur eux-mêmes afin de supporter les bourrasques glacées. Elle s'étira sans beaucoup d'entrain, songeant à tout ce qu'elle devait faire. Elle jeta un coup d'œil à son téléphone comme s'il pouvait lui apporter par miracle, un espoir de luminosité dans la grisaille de ce jour. Bien sûr rien, hormis des demandes de chroniques et tous les messages qu'elle recevait à la pelle chaque jour. Rien qui ne sortait de son ordinaire. Elle soupira. Qu'avait-elle espéré ?

La matinée s'écoula, avec son lot de frustrations quotidiennes. Elle était attablée devant une pathétique assiette de salade de chou, tentant de réprimer des haut-le-cœur. Elle repoussa le plat, posant à sa place un carnet dans lequel elle commença à rédiger des notes pour son prochain article. Tant pis si on venait la réprimander sur son manque d'appétit, et sur sa minceur. Elle n'avait pas faim. De toute façon elle n'avait cure de ce genre de commentaire ridicule. Mordillant son stylo, elle réfléchissait à comment aborder sa chronique sans dévoiler toute l'intrigue du livre, lorsque son smartphone partitm en crawl en vibrant sur la table. Elle l'intercepta avant qu'il ne se jette par terre. Un message privé. Tiens, provenant de l'escargot fan de Steinbeck.

— Juste pour vous dire bonjour… Je ne veux pas avoir l'air lourd, mais discuter avec vous hier soir était très sympa.

Elle ne put s'empêcher de sourire, creusant deux fossettes dans chacune de ses joues, ce qui était ravissant, sans qu'elle le sache vraiment. Plutôt gentil et mignon comme approche, songea-t-elle tout en réalisant qu'elle avait, elle aussi, pris un réel plaisir dans cet échange. Cela faisait bien longtemps qu'elle n'avait pas eu une conversation aussi facile et sereine. Allons, elle pouvait bien lui répondre, où était le mal ?

— Oui, c'est vrai, c'était plutôt cool.

Derrière son écran, elle ne pouvait imaginer sa réaction. Assis sur le siège passager d'un lourd camion de transport de matériel dont il était le responsable, il réprima un sourire victorieux. Pour pêcher les plus beaux poissons il faut savoir choisir son appât, c'est du moins ce que les longues parties de pêches en compagnie de son grand-père lui avaient appris en sus d'avoir développé son sens de l'observation… et comprendre qu'il vaut mieux privilégier des chaussettes en laine !

— Je suis allé voir qui était ce Zola, en fait c'est le Steinbeck français, en plus vieux…

En lisant ça, elle ne put s'empêcher de pouffer de rire, ce qui ne lui était pas arrivé depuis des mois. Sa vie ne prêtait pas trop à rire. Elle réfléchit quelques secondes, mise en joie par son commentaire somme toute pas complétement dénué de sens, même si cela semblait assez iconoclaste de prime abord.

— Disons que ce sont tous deux des auteurs qui se sont attachés à dénoncer les faits de leur société.

— Donc j'ai raison !

— Donc vous n'avez pas tort ce qui est différent.

— C'est bien aussi, je vais m'en contenter. Je dois vous laisser. À bientôt peut-être ?

— Oui peut-être.

Il serra les dents sur un « yes » victorieux qui ne demandait qu'à jaillir, comme lorsque plus jeune il effectuait un touchdown au football. Pendant toutes ses années de lycée il avait été un quarterback véloce et autoritaire, qualités qui le servaient toujours à présent. Cette fille lui plaisait tout autant par ses réponses franches, structurées et intelligentes que par son apparence. Du moins si on pouvait se fier à sa photo de profil.

Elle était comme l'une de ces truites sauvages, qui une fois ferrées se devaient d'être remontées avec beaucoup de douceur et surtout, de patience. Il aimait les challenges, et celui-ci lui sembla un jeu fort intéressant. Du moins cela aurait l'infini avantage de l'occuper et de lui faire penser à autre chose. En un geste qui était devenu plus un tic qu'une habitude, il passa sa main sur sa cuisse droite, là où un éclat de grenade l'avait frappé quelques mois auparavant. Alors que le lourd véhicule ralentissait, il glissa son téléphone dans l'une des poches de son treillis, repoussant les pensées sombres qui tendaient à l'envahir ces derniers temps. Après tout il avait mieux à faire, il avait une stratégie à mettre en place.

La vie dans cette nouvelle base n'était pas des plus palpitantes, mais il venait tout juste de trouver un dérivatif.

Chapitre 7

Le soir, après s'être glissée sous ses draps, elle poussa un soupir soulagé. Comme toujours les fins de journées étaient éprouvantes. Elle avait mal, elle était épuisée. Elle tira un livre de la pile chancelante qui vacillait en équilibre relatif sur sa table de nuit. Elle ne fit même pas attention au titre. Elle se plongea directement dans la lecture, ne voulant qu'oublier et partir loin. Loin de tout. Plusieurs fois pourtant elle se surprit à jeter un coup d'œil à son smartphone, sagement posé sur l'oreiller, lui faisant part des messages qui s'égrenaient. Néanmoins, rien de neuf ou de palpitant ne vint lui apporter la moindre distraction. Elle lut, tard, comme chaque nuit, s'écroulant de sommeil au beau milieu d'une scène d'action qui ne devait pas être d'une excellente qualité, à moins que sa fatigue ne soit plus forte encore que l'adresse descriptive de l'auteur.

Une journée semblable à la précédente s'enchaîna, telles les vagues sans fin de l'océan vont et viennent en un perpétuel remplacement. Malgré le temps, caricature de l'automne, malgré tout ce que la vie lui tendait comme pièges ces derniers mois, elle se força à sourire. Elle ne se laisserait pas abattre, qu'on ne compte pas là-dessus. La grisaille de la nuit fut remplacée peu à peu par la grisaille d'un petit jour humide et moche. Elle attrapa un élastique, réunit ses mèches parme et châtains en une même queue de cheval, avant d'ouvrir son ordinateur portable. Ensuite, elle cliqua sur son fichier musique et lança « Powerwolf » en sourdine. Ce groupe avait toujours eu le don de lui remonter le moral, sans doute parce qu'il était le préféré de Noah. Elle se mit alors à rédiger une chronique, l'esprit rasséréné par la musique assénée par le groupe de métal. Sa vie était peut-être au point mort voire au niveau zéro en ce moment, cela ne signifiait pas qu'elle le resterait. De toute façon, en aucun cas, Noah n'aurait voulu qu'elle se morfonde. Il était bien trop joyeux et enjoué pour ça ! Elle poursuivit donc le train-train routinier de chaque jour, s'évertuant à ne focaliser ni sur son passé immédiat ni sur son présent. Un futur l'attendait, il lui suffisait d'être un peu patiente.

Elle avait presque, bien que pas tout à fait, oublié l'escargot littéraire, lorsque le soir même, alors qu'elle s'apprêtait à finir le roman entamé la veille, il lui lança :

— Bonsoir, avez-vous passé une bonne journée ?

Elle resta une fraction de seconde à la fois surprise et prise de court, pourtant l'entrain qu'elle avait cultivé depuis le matin lui fit répondre :

— Excellente ! Et vous ? Avez-vous été fouiller dans d'autres auteurs français ?

— Non je n'en ai pas eu le temps, je travaille beaucoup. Peut-être en auriez-vous à me conseiller ?

— Vous pourriez lire Victor Hugo pour commencer, ça devrait vous plaire.

— J'irai voir ça. Mais vous êtes blogueuse professionnelle ?

Elle éclata d'un petit rire primesautier, seule devant son téléphone :

— Non, c'est un hobby, en réalité je suis étudiante. Je suis en troisième et dernière année de licence de littérature. Et vous que faites-vous ? Vous disiez visiter l'Europe puis vous dites que vous travaillez… Vous pouvez m'expliquer ?

— Je vous ai dit que j'étais en Europe, c'est tout. Je suis ici pour mon boulot.

— Vous êtes en France ?

— Non, en Allemagne.

— Oh…

— Que signifie ce « oh » ?

— Rien, vous êtes un soldat américain c'est ça ?

— Oui, je suis sergent et je viens d'être affecté ici. Écoutez je m'appelle Clint, j'ai 26 ans et il y a quelques semaines encore, j'étais déployé en Syrie. Je veux juste discuter avec quelqu'un qui soit loin de tout ce merdier. C'est tout.

— Je comprends, mais je ne pense pas que vous ayez frappé à la bonne porte.

— Pourquoi ?

— Je n'ai ni le temps ni l'envie de partager quoi que ce soit avec quiconque. Désolée.

— Vous ne voulez pas parler littérature avec moi ?

Elle soupira, plus après elle-même qu'après lui. Voilà ce qui se passait lorsqu'elle était trop gentille. Elle tombait sur un escargot gluant et impossible à décrocher !

— Je ne suis pas d'une très bonne compagnie en ce moment, du reste je ne pense pas que ce soit mes compétences littéraires qui vous aient fait vous arrêter sur mon profil… Vous n'êtes ni le premier ni le dernier mec à me harceler !

— Je reconnais que votre photo m'a interpellé, l'audace de vos cheveux mauves, votre sourire aussi, cependant je ne cherche pas à vous draguer. Je ne cherche qu'une compagnie humaine pour discuter de tout et de rien.

— Discuter ? Depuis quand un mec veut discuter !

— Vous êtes très cynique, j'ignore pourquoi, ni quelles expériences vous avez eues, mais oui tous les hommes ne sont pas bâtis sur un seul et même moule. Pour des relations plus conformes à l'idée que vous vous faites des hommes, je n'ai nul besoin de quoi que ce soit, surtout pas de vous ! Les jeunes allemandes ne sont pas farouches, c'est bien le moins qu'on puisse dire… Elles manquent juste de conversation.

Un peu vexée par la rebuffade, elle inspira le plus lentement possible, domptant ainsi une colère, omniprésente, qui ne demandait qu'à jaillir. Les quelques secondes qu'elle prit, lui permirent de se ressaisir, tout en étant assez objective pour savoir qu'il n'avait pas tort. Les relations humaines étaient si compliquées à gérer, l'univers des livres lui convenait beaucoup mieux !

Elle aurait pu simplement fermer sa messagerie et l'ignorer, toutefois elle ne put s'y résoudre, partagée entre sa contrariété et son éducation.

— Désolée… Mais dix fois par jour j'ai des gars qui me follow pour de mauvaises raisons. C'est épuisant.

— Je comprends, vous êtes très attirante et les réseaux sociaux ne drainent pas que le meilleur de l'humanité. Voire même, font-ils ressortir le plus bas et glauque de ce que les gens ont en eux, grâce à l'impunité qu'offre un écran. Cependant pas toujours…

Elle remonta sa couverture, malgré la tiédeur de sa chambre elle avait souvent froid, sans doute parce que ce froid était en elle. Elle tritura l'une de ses mèches bigarrées, songeant que s'il la voyait à présent il aurait beaucoup moins envie de discuter avec elle… Elle se mordilla le pouce, qu'allait-elle lui répondre ? Bien sûr il n'avait pas tort. Elle avait fait des rencontres formidables sur le net, auteurs ou autres blogueuses comme elle. Elle soupira : que c'était compliqué. Enfin elle ne risquait pas grand-chose, il était à des centaines de kilomètres, ce n'est pas comme s'il allait jaillir à la seconde dans sa chambre. Au pire, s'il était trop pénible elle le bloquerait. Point. Elle lâcha donc un simple :

— C'est vrai…

Loin là-bas, dans un endroit qu'elle était incapable d'imaginer, elle le sentit exulter. Malgré la distance, malgré l'écran, malgré la virtualité de leur échange.

— Donc j'ai raison !

Il semblait tenir à avoir le dernier mot, ce qui la fit sourire en dépit de ses préventions.

— Donc vous n'avez pas tort, ce qui est différent.

— C'est bien aussi, alors je vais m'en contenter pour ce soir. À bientôt ?

— Oui peut-être...

Il referma son téléphone, souriant dans l'obscurité relative de la chambrée. La répétition consciente de leur dialogue, était l'amorce d'une certaine complicité, qu'elle le veuille ou non. Une fois encore, il regretta l'absence de Chad. Il lui aurait raconté leurs échanges. C'est comme s'il pouvait entendre le rire énorme du colossal Texan. Cela lui fit mal, comme à chaque fois. Comme toujours, il repoussa l'émotion qui ne demandait qu'à l'anéantir. Il se focalisa sur l'organisation du lendemain, sur l'entraînement de ses boys et la gestion de son matériel. Rien d'autre ne devait envahir son esprit. Il chassa l'image qu'il gardait de son ami, souriant de toutes ses dents blanches sur le fond poussiéreux du désert, le remplaçant par celle de la jeune française. Il l'imagina allongée dans un lit, ses longs cheveux tout droit issus d'un anime japonais, épars sur des oreillers blancs. L'image était réconfortante, surtout parce qu'elle était aux antipodes de son quotidien. Elle évoquait un monde de paix et de douceur qu'il avait oublié. Pour une fois, il s'endormit aussitôt d'un sommeil paisible, où nul cauchemar ne vint le réveiller, haletant, terrifié et couvert d'une sueur glacée...

Eléora, elle, reprit sa lecture, du moins ouvrit-elle à nouveau le roman, s'efforçant de suivre les phrases. Ses yeux déchiffraient les mots, néanmoins, son cerveau refusait d'en enregistrer la moindre signification. Elle aurait pu lire du coréen cela aurait été pareil. Après avoir relu cinq fois la même ligne, elle le referma en soupirant, un brin exaspérée. Pourquoi se laisser perturber et atteindre par ce que pouvait penser un type qui n'était rien de plus qu'une notification dans son téléphone ?

« Noah pourquoi m'as-tu laissée toute seule », bougonna-t-elle le cœur agité d'une colère qui ne la quittait que rarement. Elle se contentait de la dissimuler. Personne n'aurait accepté qu'elle l'exprime ouvertement. Elle devait se conformer à son modèle de gentille fille et ne pas en sortir. Sous aucun prétexte. Parfois, comme ce soir, son ressentiment envers l'injustice de la vie, envers la froide incompréhension des autres, atteignait des paroxysmes qui semblaient l'étouffer. De ses poings nus, elle frappa son oreiller encore et encore, sanglotant sans bruit dans l'obscurité d'une nuit brumeuse et sans étoile. Vaincue par la fatigue, elle finit par s'écrouler d'un sommeil trouble où elle rêva qu'elle faisait de l'auto-stop en mini-jupe. Un camion militaire s'arrêtait, il était rempli d'une nuée de soldats. Ils la pointaient du doigt, se moquant d'elle en riant. Épuisée, elle se réveilla bien avant l'aube, furieuse et confuse. Elle aurait voulu pouvoir parler avec quelqu'un, mais qui ? Le seul avec qui elle partageait tout était parti vers un endroit où elle ne pouvait le suivre. Ses copines, ma foi, avaient semblé penser que son chagrin était une sorte de maladie contagieuse, car elles avaient vite disparu de son horizon... Restait Axelle, néanmoins elle refusait de faire porter le poids de sa douleur à sa petite sœur. Sans doute une habitude prise depuis trop longtemps de la couver comme une enfant, et de tenir à la protéger coûte que coûte, alors même que c'est elle qui aurait mérité d'être soutenue.

Chapitre 8

Avec rage elle saisit son ordinateur et entreprit de rédiger un article sur son blog. C'était bien encore la seule chose qui pouvait la maintenir en vie, repousser la noirceur des ténèbres et la froideur de sa solitude.

Soudain, vers six heures, alors qu'elle vérifiait une énième fois qu'aucune coquille réfractaire ne traînait dans sa chronique, son smartphone vrombit, la faisant sursauter. Qui pouvait déjà la déranger à une heure pareille ? Un message clignota. Clint. Cela ne l'étonna même pas.

— Juste pour vous souhaiter une bonne journée. Seulement ça.

Elle lut les quelques mots, les relut s'apercevant tout à coup qu'elle respirait mieux. Après tout peut-être était-elle moins seule qu'elle le croyait ? Quelles que soient les raisons qui le poussaient à penser à elle. Ce matin avant de partir effectuer, elle ne savait quelle activité, il avait pris le temps de lui écrire. Il avait, au moins fugitivement, pensé à elle, ce qui était mieux que tout ce qu'elle avait eu ces derniers mois. Sans plus réfléchir ou hésiter, ses doigts glissèrent sur l'écran tactile :

— Ma nuit a été très mauvaise et votre message m'a touchée. Merci. Passez une bonne journée aussi, quoi que vous fassiez !

Dans une sorte de pari un peu fou, du moins que sa mère aurait qualifié de tel, elle se jura d'être aussi franche que possible avec l'américain. Que perdrait-elle à ça ?

De bien meilleure humeur, c'est presque en souriant qu'elle put débuter ses routines journalières.

À midi, elle chipota une nourriture fade, tripotant son téléphone, jetant des coups d'œil à ses messages, un peu déçue de ne rien recevoir. Elle hésita à lui écrire, puis renonça. Elle n'allait quand même pas se précipiter d'un extrême à l'autre !

En fin d'après-midi, alors qu'elle révisait ses cours, son smartphone la tira bien à propos de son ennui. Avec étonnement elle vit que le message provenait de l'escargot américain.

— Eh merci pour votre message ! Oui la journée a été bonne : footing avec les gars ce matin, nettoyage des armes à présent. Et vous ? Pourquoi dormez-vous mal ?

Elle resta figée devant le minuscule écran. Que pouvait-elle répondre à ça. Il dût s'en rendre compte car il rajouta :

— Sans doute est-ce trop indiscret et cela ne me regarde pas. Peut-être pourrez-vous m'en parler lorsque vous le sentirez.

— Oh ce n'est pas un secret, seulement quelque chose de très compliqué à exprimer pour moi. Mettre des mots là-dessus c'est accréditer de la réalité de ce fait.

Elle inspira un grand coup, avant de se lancer, sans plus tergiverser.

— Mon petit ami est mort il y a quelques mois... C'est encore quelque chose de très compliqué à gérer… Désolé de vous saper un peu le moral.

— Toutes mes condoléances… Je comprends, enfin je n'ai pas perdu ma petite amie, toutefois la mort je sais ce que c'est.

— Oui j'imagine… La mort c'est un peu votre métier, donc vous devez la côtoyer je suppose.

— Oui… Enfin, on n'est jamais préparé à ça. Jamais. Il y a peu j'ai perdu mon meilleur ami, lors d'une embuscade en Syrie. J'ai été blessé et il est mort.

La jeune fille resta un instant choquée. La guerre, tout à coup, entrait dans un souffle glacé dans sa vie.

— C'est atroce !

— Vous n'y pouvez rien. Chad savait ce qu'il risquait, comme chacun d'entre nous. Nous avions incorporé l'armée en même temps, puis nous avons été déployés ensemble : Afghanistan, Lybie, Irak puis la Syrie… Toujours l'un pour protéger les arrières de l'autre. Le plus triste c'est qu'il a laissé une femme adorable et une petite fille de même pas deux ans.

Un choc, aussi brutal qu'un coup de poignard lui transperça le cœur. Elle venait de trouver quelqu'un dont l'histoire concurrençait la sienne, voire la surpassait au niveau tristesse. Il ne se plaignait cependant pas. Il assenait les mots et les faits, ce qui rendait sa peine bien plus terrible que s'il s'était lamenté. Elle ne put guère que balbutier :

— C'est horrible…

Le mot ne reflétait pas le dixième de sa pensée, mais quel mot l'aurait pu ? Il parut comprendre.

— Oui. Vous, moi, la femme et la fille de Chad, nous devons tous aller de l'avant.

— Bien sûr... Mais c'est tellement dur. Autour de moi, les gens me disent que le temps adoucira ma peine. Y croyez-vous ?

— Non. Rien ne changera votre douleur, vous vous habituerez à vivre avec, c'est tout.

— Oh... Vous n'êtes pas très optimiste !

— Détrompez-vous, je vois la réalité en face, je ne tiens pas à vous leurrer avec des paroles lénifiantes qui ne vous aideront pas.

— Êtes-vous un pragmatique obsessionnel ?

— Oui sans doute un peu, en effet.

Il ajouta, afin d'alléger leur conversation :

— Que faites-vous en ce moment ?

— Je révise mes cours.

— Cela ne semble pas vous enthousiasmer !

— Non pas vraiment, pourtant j'adore la littérature, cependant en ce moment c'est un peu le cadet de mes soucis.

— C'est sûr, mais essayez de voir les choses autrement. Si vous ratez vos examens, alors vous aurez tout perdu cette année. Est-ce ce que vous voulez ?

Elle souffla, un brin agacée, pourtant elle savait qu'il avait raison.

— Non…

— Alors essayez de faire en sorte de tirer tout le positif que vous pouvez de cette situation. Je vais devoir vous laisser, je dois contrôler les armes. Révisez bien.

Il la laissa sur un émoticon qui faisait un clin d'œil. Elle considéra leur dialogue durant quelques secondes, puis éteignant l'appareil, elle ouvrit ses cours et s'y plongea avec une concentration presque rageuse. Pour un escargot, il trimballait, en sus de sa coquille, un bon sens allié à une capacité de persuasion plutôt inhabituels.

La cime du mélèze s'agitait en un lent mouvement comme approbateur de son énergie nouvelle. Depuis le temps qu'elle et lui s'observaient de part et d'autre de la fenêtre, on pouvait croire que des liens s'étaient créés. Du moins, c'est ce qu'elle aimait à penser, la proximité de ce respectable géant apaisant le vide de son cœur. Cet après-midi, il semblait plutôt heureux de la voir s'absorber avec un regain nouveau dans ses cours. Elle lui sourit sans attendre de réponse, avant de se focaliser sur son retard. Elle avait négligé depuis un moment ses études, elle aurait du boulot pour tout rattraper, mais peu importe, elle y parviendrait.

Chapitre 9

Lorsque sa mère poussa la porte de sa chambre, elle était toujours assise à sa table. Elle sursauta, n'ayant pas vu le temps passer.

— Tu travailles, c'est bien ma chérie ! approuva-t-elle avec un soulagement évident.

Eléora eut envie de répliquer que non non, elle plantait des choux. Néanmoins, la gentille fille qui était en elle préféra se taire. Elle ravala ses mots, lesquels une fois de plus, lui pesèrent sur l'estomac. Enfin, sa mère ne resta que quelques minutes, ne passant comme toujours, qu'en coup de vent inconstant, plus proche de la tornade que du doux zéphyr. La jeune fille retrouva sa quiète solitude avec un soupir de soulagement. La compagnie de sa mère n'était pas de celle qui aurait pu l'aider à vaincre ses ténèbres ou à réchauffer son âme. C'était assez triste comme constat, néanmoins elle le savait depuis si longtemps que, pour elle, c'était presque un fait normal. Voire même c'était plutôt le contraire qui l'aurait stupéfaite !

Être seule avec elle-même n'était pas le problème. Elle aimait le calme de ces moments où elle pouvait lire ou écrire. Elle détestait plus que tout, les endroits débordants de foule et de gens. Les fêtes ou les boites de nuit n'étaient pas pour elle. Noah était comme elle, introverti et satisfait de passer des après-midis entiers, blottis l'un contre l'autre à ne rien faire d'autre que lire ou discuter de tout et de rien. Elle secoua la tête, chassant ses réminiscences d'un passé révolu. Elle acheva d'enfiler son pyjama, en réalité un simple tee-shirt passé sur un shorty. Ensuite elle se traîna jusqu'à son lit, s'y mussant avec une béatitude toute animale. Sa main tâtonna à la recherche d'un livre, elle en ramassa un, au hasard dans sa pile à lire, le ramena et s'y jeta avec une voracité d'affamée.

Elle n'avait pas même fini le prologue que son smartphone lui annonça l'arrivée d'un message.

— Désolé de vous avoir laissée en plan tout à l'heure, mais j'ai pas mal de boulot et pas trop de temps pour chatter.

— Je comprends. Ce n'est pas un problème. Mes journées sont aussi très remplies.

— Que faites-vous ?

— Là, tout de suite ? Je lis. Et vous ?

Un court sourire éclaira ses traits devenus trop durs, effaçant l'espace d'un instant les stigmates de longues années de guerre. Tiens, elle s'intéressait donc plus à lui qu'elle ne semblait le dire, voire le penser. Toutefois, il ne devait pas forcer son avantage. Même si elle paraissait ferrée, il devait y aller avec tact. La truite peut à chaque instant s'échapper si on la brusque…

— Demain, nous avons un transport de matériel à faire et je dois organiser la partie sécurité. Rien de très passionnant.

Il ajouta alors, contre son gré, car il aurait préféré continuer à lui parler, cependant il savait que cela serait aller contre son propre intérêt :

— Je voulais juste vous dire bonsoir, je dois aller bosser. J'espère que cette nuit sera paisible. À bientôt.

Il éteignit son téléphone afin de ne pas être tenté de lui répondre. S'il s'était laissé aller, il l'aurait spammée de messages ! Bien sûr, cela l'aurait terrorisée, ce qu'il ne voulait à aucun prix. Donc patience.

Il délaça ses rangers, les posant ensuite, sages et rangées comme au garde-à-vous au pied de son lit. Il enleva son tee-shirt révélant un corps compact et sévèrement musclé. Il s'étira dans un soupir mi-frustré mi-satisfait, faisant rouler d'impressionnants dorsaux. Quelques cicatrices, traces blêmes sur sa peau, racontaient des histoires de balles, de shrapnels et de couteaux. Un homme, si jeune encore, n'aurait pas dû avoir de telles marques, témoignages d'une violence dont aucun être humain ne pouvait sortir moralement indemne. Au sein de l'escouade dont il était le sergent, il était considéré comme un vétéran à la fois craint, admiré et respecté. Ce n'était pas pour rien.

Demain, il enverrait un message à Shannon la femme de Chad ; lui écrire n'était pas une corvée au sens propre. Il appréciait la jeune femme. Cependant, lui parler, c'était évoquer Chad avec tout ce que cela avait de douloureux. Pourtant c'était son devoir de la soutenir et d'être là pour elle et sa fille. Il l'avait promis à son ami et il s'y conformait.

Toutefois, ce soir il préférait rester dans la douceur de cet éphémère contact, dans l'illusion que cette française faisait naître en lui. Sans doute se leurrait-il, était-ce vraiment important ? Non. Il se sentait apaisé comme cela faisait bien longtemps qu'il ne l'avait été. Donc il n'allait pas chipoter sur le réel ou l'irréel. Il avait très vite pris l'habitude de prendre le bon quand il le pouvait. La vie lui ayant très tôt enseigné qu'elle avait tendance à ne pas s'attarder sur tout ce qui était beau ou bien. Le bonheur ne s'était jusqu'à présent que limité à de courts moments de plaisir, furtifs et fugitifs. De la vie, il en connaissait plus l'âpreté, que la tendresse. Il s'allongea, plutôt rasséréné, l'image d'Eléora et de son opulente chevelure mauve flottant dans son esprit.

Il passa une nuit plutôt bonne, meilleure que la plupart depuis des mois en tout cas ! À cinq heures il était debout, réveillant ses gars avec un entrain peu usuel. Il résista à l'envie, tenace, d'envoyer un message à Eléora. Non, mieux valait y aller pas à pas. Il aurait voulu lui raconter ce qu'il faisait, lui demander ses projets pour sa journée ainsi que tout connaître d'elle. Cela pouvait sembler excessif… même pour lui ! Le focus qu'il exerçait sur la jeune blogueuse lui paraissait exagéré. Pourtant, toutes ses pensées n'étaient plus que tournées vers elle. C'était presque effrayant. Il ne savait ni pourquoi ni comment, mais quoi qu'il fasse, son esprit cerclait sur l'image de la française. Il ne pensait pas plus loin que le moment où il lui parlerait à nouveau. Cette émotion lui faisait peur, bien qu'il soit incapable de s'y soustraire.

Chapitre 10

Avec son détachement il sécurisa un transport. Il fut comme d'ordinaire, fiable et professionnel, malgré ses pensées éparses et incontrôlables. Le soir arriva enfin. Il envoya un message à Shannon, comme il l'avait promis, recevant en échange une photo de la petite Nina. Elle lui transperça le cœur. La petite, candide et rieuse, avait les yeux et le sourire de son père. Un père dont elle ne se rappellerait rien. Shannon faisait face avec courage, et cela lui creva encore un peu plus le cœur. Il aurait préféré mourir à la place de Chad, plutôt que d'être encore en vie, impuissant et inutile, ne sachant apaiser la peine de la jeune femme. Tout ce qu'il pouvait faire c'était lui apporter un mince soutien financier et moral. Ce qui était bien le moindre.

C'est avec un vrai soulagement qu'il cliqua ensuite sur le profil de la ravissante française.

— Comment allez-vous ? Avez-vous pu étudier aujourd'hui ?

Après avoir appuyé sur « envoi », il attendit, le cœur battant, allongé de toute sa solide carcasse sur son lit étroit. Allait-elle répondre ? L'angoisse faisait battre son cœur plus vite, augmentant son adrénaline comme s'il allait partir au combat. Il se sentait ridicule, pourtant il ne pouvait rien y changer. Son attente fut par chance, de courte durée. Elle lui répondit presque aussitôt comme si elle guettait le moindre message tombant sur son smartphone. Il aurait souhaité imaginer qu'elle attendait les siens, tout spécialement, il était cependant trop réaliste pour réellement le croire.

Elle lui répondait, c'était suffisant. Il n'en espérait pas plus.

— Oui ! Étonnament bien ! J'essaye de rattraper mon retard avant les prochains partiels. Et vous ? Ce transport ?

Tiens, elle se souvenait de ça... Son cœur fit un bon en lisant cette simple phrase. Elle s'intéressait à lui, au moins un soupçon.

— Rien de bien passionnant. Du matos à emmener d'une base à une autre. Rien de très dangereux non plus, ce n'est pas la Syrie... Le pire ici c'est plutôt la pluie et l'ennui.

— Par chez moi aussi la pluie est omniprésente. C'est de saison. On ne peut rien y changer. Pour l'ennui vous auriez pu venir chatter, à vrai dire je m'ennuyais aussi... Mais peut-être n'est-ce pas autorisé ? Je ne connais rien aux règlements militaires !

Il dû relire deux fois le message, non pas qu'il soit rédigé dans un mauvais anglais, mais pour être sûr de ce qu'il comprenait.

— Nous ne sommes pas en zone de guerre, donc nous avons droit aux portables. En Syrie, chatter avec vous m'aurait conduit en cour martiale. Par chance, je suis en Allemagne, d'autres règles s'appliquent. Heureusement.

— Oh... Oui je vois... Eh bien c'est une chance, en effet ! Mais quelle sévérité ! Comment avez-vous géré ça avec votre famille lorsque vous y étiez ?

— C'est une question de sécurité. Les soldats pourraient dévoiler des renseignements sans même le vouloir. Nous pouvions téléphoner de temps à autre. Et puis j'écrivais des mails à mes parents.

— C'est terrible !

Il esquissa un bref sourire, en face de son écran. Elle était à la fois, naïve, réfléchie, spontanée et réservée. Un cocktail étonnant, détonnant, où chaque mot lui donnait un peu plus envie de la connaître.

— C'est le métier qui veut ça. Mais parlez-moi plutôt de vous. Ce sera plus intéressant.

— Oh ça je ne crois pas ! Je ne fais rien de très excitant. Le plus aventureux que je fasse c'est lire Tolkien, donc vous voyez un peu !

— La Quête du Mordor est extrêmement aventureuse…

— Vous connaissez ?

— Oui, j'ai beau être simple sergent je ne suis pas tout à fait illettré. Donc oui, j'ai lu « le Seigneur des Anneaux » ainsi que le « Hobbit ».

— Ce n'est pas ce que j'ai voulu dire… Je ne me permettrais pas d'émettre le moindre jugement sur vous.

— C'est ma faute ! Pardonnez-moi. J'ai une humeur plutôt rugueuse en ce moment. Ce n'est pas mon tempérament pourtant.

— Ne vous en faites pas, je comprends. J'ai aussi un caractère de dogue ces derniers temps. En général, c'est ma mère qui prend. Vous n'avez pas votre mère sous le coude, donc il faut bien que ça tombe sur quelqu'un.

Au travers des mots il sentit sa sincérité, son rire, sa gaité profonde.

— À choisir, je préférerais bousculer ma mère plutôt que vous.

— Bah ce n'est pas très grave, je ne suis pas non plus une petite chose fragile, vous savez.

— Vous n'avez pas l'air fragile, néanmoins vous êtes trop ravissante pour que quiconque vous bouscule… Excusez-moi, je ne voulais pas vous mettre mal à l'aise. Je suis maladroit et je m'enfonce.

— Ne vous inquiétez pas tout va bien. Et c'était très gentiment dit.

En réalité, il avait tout à fait sciemment glissé le compliment, sous couvert d'une maladresse. Il voulait voir jusqu'où il pouvait aller. Elle l'avait accepté avec une simplicité plutôt déroutante. Soit elle était vraiment aussi seule qu'elle le disait, soit elle le trouvait intéressant… Soit les deux cumulés.

Elle avait alors enchaîné :

— Pourquoi un escargot au fait ?

Elle faisait ainsi référence à sa photo de profil.

— Je préfère rester anonyme. Je n'ai pas à proclamer ce que je fais ou ce que je suis. Et puis, un escargot c'est plutôt admirable : il avance lentement, bien qu'avec ténacité, de surcroît il peut passer sur le fil de la lame la plus tranchante sans aucun dommage.

À des centaines de kilomètres, elle éclata de rire.

— En effet, je n'avais jamais vu les gastéropodes de cette manière ! Ce sont des warriors !

— Yeah. Des supers héros même.

— Digne de rentrer dans la Ligue des Justiciers.

— Dur pour Superman qui aura une concurrence presque déloyale.

Chacun rit, seul, devant son écran. Leur conversation, tout à coup légère, les ramenait dans une part d'enfance qu'ils pensaient l'un comme l'autre, remisée à jamais dans le passé. Cela leur fit du bien, enlevant un peu du poids qu'ils portaient sur leurs épaules, allégeant leur fardeau.

C'est à ce moment-là qu'elle décida que le « you » employé serait un tutoiement. Et tout à coup, aussi impossible voire stupide que cela puisse paraître, elle se sentit proche de lui, cet inconnu, plus proche de lui que de personne au monde. Parce qu'il semblait aussi à vif qu'elle l'était ? Parce qu'il cachait des blessures toutes aussi profondes que les siennes ? Ou parce qu'ils aimaient les mêmes films et lectures ?

— Tu aimes l'univers de DC ?

— Oui, plus que celui de Marvel, j'aime que les héros ne soient pas lisses, qu'ils soient à la recherche de leur humanité. Comme nous tous non ?

— Oh très philosophique dis donc ! Mais oui tu as raison.

— Un soldat philosophe ça te choque ?

— Non, au contraire ! Mais c'est déstabilisant ou du moins inattendu.

— Mon père est professeur de philosophie à l'Université de Caroline du Nord, à Charlotte. J'ai été élevé dans un milieu intellectuel, ou qui se prend pour tel. J'ai, disons, pris un chemin inverse. J'ai été un an en fac, après mon BAC, mais les études, rester vissé sur un banc toute la journée, ce n'était pas pour moi. Je me suis engagé à dix-neuf ans, plus sur un coup de tête et pour faire un doigt d'honneur à mon père qu'autre chose. Et puis l'armée m'a apporté une part de ce que je cherchais dans la vie : un idéal.

— Wouaaa ! Incroyable... Il a dû te falloir beaucoup de courage pour aller à l'encontre de ton milieu familial...

— Du courage il en faut à chaque instant de sa vie. S'affirmer et reconnaitre ce qu'on est en demande tout autant que d'avancer jour après jour.

— C'est vrai... Ce qui est vrai aussi c'est qu'on est plus marqué que ce qu'on croit par son éducation !

Allongé sur son lit, il sourit. Jolie, plus que jolie même, avec un intellect à la hauteur de sa beauté. Elle lui parut soudain comme une sorte de gemme éblouissante dans une montagne de cailloux bruts.

— Et toi ? Ta famille ?

— Pas grand-chose à en dire ou du moins rien de bien éblouissant. Ma mère est prof de math dans un collège, et mon père a une boite de réparation à domicile. Oh, j'ai aussi une petite sœur de trois ans plus jeune que moi. Elle est encore au lycée. Elle s'appelle Axelle, c'est une peste, mais je l'adore. Et toi tu as des frères et sœurs ?

— Un frère, Cole, mon aîné de quatre ans ; il est je pense, aux yeux de mon père du moins, l'incarnation de la réussite familiale. Cole est docteur en géopolitique, spécialiste dans les conflits intertribaux en Afrique. Il a fait sa thèse là-dessus. Les rares fois où on se voit on s'engueule. Tu sais c'est le genre de gars qui pense tout savoir sans connaître la réalité du terrain. Et le terrain, j'y suis allé…

— Je vois. Ça ne doit pas vraiment te donner envie de rentrer chez toi…

— Clairement pas ! C'est pour ça que j'ai accepté toutes les missions et les déploiements qu'on m'a proposés.

— Tu vois ton avenir comment ? Parce que c'est une vie étrange de la passer à courir de guerre en conflits non ?

— Un peu oui, c'est vrai. Toutefois c'est celle d'un soldat… Après jusqu'à quand on peut faire ça, je n'y ai, à vrai dire, pas trop pensé. Je ne vivrai peut-être pas assez vieux pour avoir à me poser la question…

— C'est affreux ! Et pas forcément réaliste ! Ce n'est pas parce que ton copain s'est fait tuer que toute l'armée américaine va se faire décimer ! Tu as même plutôt de bonnes chances de survie, si on en croit les statistiques.

— Tu es une matheuse ?

— Pas du tout ! Néanmoins je sais réfléchir.

Il esquissa un sourire. Pour ça oui, c'était tout sauf une idiote sans cervelle. Il était tard, ou tôt, suivant comment on abordait la nuit. Les étoiles, dévoilées, éclairaient leurs chambres respectives à des centaines de kilomètres de distance, unis néanmoins sous un même ciel. Il jeta un coup d'œil à sa montre. Demain, il avait une marche avec son détachement. Il lui restait fort peu d'heures de sommeil s'il voulait être un tant soit peu opérationnel.

— Je vais devoir te laisser, bien que je n'en n'aie guère envie. Demain, nous avons un entraînement et je dois être en forme. Je suis désolé de te laisser comme ça…

— Non, ne le sois pas, il est hyper tard et je dois aussi me lever tôt. J'ai du retard à rattraper tu te souviens…

— Oui je me souviens. Dors bien.

— Toi aussi !

Après une courte hésitation, ils éteignirent leurs portables dans un même mouvement synchrone, avant de fermer les yeux, le cœur battant d'une émotion que rien dans la conversation qu'ils avaient eue, ne pouvait justifier. Avec une faculté cultivée par l'urgence et la nécessité, il s'endormit aussitôt, emporté dans des rêves peuplés de créatures aux allures de sirènes, et aux chevelures de toutes les nuances du parme au mauve profond, presque noir.

Chapitre 11

Eléora, elle, resta longtemps éveillée, les yeux ouverts sur l'obscurité relative de la nuit : elle n'avait certes pas son entraînement. L'éclairage urbain, en contrebas, soulignait la silhouette colossale du mélèze, en ombres à la fois outrées et savantes. Un souffle agitait parcimonieusement sa cime aux pousses encore fragiles, dans un hochement approbateur. Vaincue par la fatigue elle sombra dans le sommeil, et dormit d'une traite jusqu'au petit matin. C'était un fait assez étrange pour qu'elle le note aussitôt. Depuis le décès de Noah, elle souffrait d'insomnies chroniques et constantes, qu'elle soignait en dévorant tous les bouquins qui lui tombaient sous la main. Elle avait même tenté de venir à bout de ce trouble, en se forçant à des lectures dont le titre déjà la faisait bâiller. Hélas ni « Ainsi parlait Zarathoustra » ou « Madame Bovary » ne parvinrent à l'endormir. La faire périr d'ennui, oui !

Voilà des mois qu'elle ne parvenait plus à dormir qu'en courtes phases morcelées. Une simple conversation avec un escargot philosophe, lui avait permis un sommeil digne d'un bébé chat. Elle s'éveilla dans un timide rayon de soleil, s'étira, étonnée elle-même d'être aussi détendue. Elle lança un sourire complice à l'arbre qui la considérait depuis l'autre côté de la vitre. Elle attrapa son téléphone qui avait glissé sous son oreiller, regardant si par hasard il ne lui aurait pas octroyé un message. Son cœur fit une embardée lorsqu'elle vit le nom de « Clint » s'afficher dans la liste de ses notifications.

— J'emmène mes gars marcher. Passe une bonne journée du moins une journée studieuse et productive. À bientôt.

Il s'était retenu pour ne pas lui dire plus, pour ne pas glisser un mot plus tendre qu'il pensait, mais qui n'aurait pas manqué de la heurter. Il était donc demeuré dans une sobriété de bon aloi. Pas à pas.

Bien sûr, elle ne pouvait rien savoir de ses atermoiements. Elle fut néanmoins troublée. Quelqu'un ce matin, alors qu'il était plus que certainement fatigué par un manque de sommeil, l'esprit préoccupé par l'organisation de sa journée, avait pris sur son temps non seulement pour penser à elle, mais pour lui envoyer quelques mots. Personne ne faisait ça pour elle. Elle rectifia *in petto* : personne n'avait jamais fait ça pour elle. Même pas Noah qui tout parfait et formidable qu'il était, ne se levait pas avec comme idée première de lui écrire un mot. Ça non… C'était donc une expérience inédite. Bien sûr il lui envoyait des messages, mais dès le saut du lit… Pas vraiment ! Sans respirer, presque en apnée, elle répondit dans la foulée, et tant pis s'il ne lisait son message que plus tard :

— Passe aussi une bonne journée à faire avancer ton troupeau ! Je ne sais pas comment elle sera… Mais je te la souhaite la plus sympa qu'elle puisse être. Je m'étonne juste que dans ton armée on fasse marcher les soldats, je croyais que c'était un exercice réservé uniquement à l'armée française ! Je vais bosser mes cours, sachant que tu crapahutes ça va me paraître de tout repos en comparaison. À bientôt et fais attention à toi, fais gaffe aux entorses.

C'est presque avec gaité qu'elle aborda sa routine quotidienne ; l'espoir, tel un fanal vibrant, guidait ses pensées, essaimant sa lueur, chaude, rassurante. La journée passa plus vite qu'aucune autre depuis la disparition de Noah. Même ses corvées fastidieuses lui apparurent sous un autre jour. La nuit tomba enfin, sur une soirée qu'elle commença, comme c'était devenu son habitude, blottie sous ses draps, un livre à la main. La lampe de chevet projetait une luminosité intimiste, suffisante pour lire en toute quiétude et repousser une part des ténèbres. Comme toujours elle lisait allongée sur le ventre, son téléphone cependant posé bien en évidence, tout à côté d'elle. Elle sursautait à chacune des notifications qui tombait, leur jetant un coup d'œil hâtif, le cœur plus agité qu'il n'était nécessaire. Sa lecture piétinait, pourtant elle s'en fichait. Soudain, alors qu'elle était presque parvenue à focaliser son attention sur le roman, le nom de Clint apparut, accompagné de sa photo d'escargot de course.

— La journée a été intéressante, vingt-cinq kilomètres, chargés et en tenue de combat. C'était un bon exercice… Surtout pour des gars habitués à être véhiculés ! Tu as raison, chez nous les boys ne savent pas marcher ou si peu… J'ai vu les Français, impressionnants. D'où l'entraînement d'aujourd'hui. Ils m'ont maudit je crois ! Et toi ? Ta journée ?

— Vingt-cinq bornes, c'est beaucoup d'un coup… Les pauvres ! Et toi pas trop mort ? De mon côté rien de bien notable, comme d'hab : mes cours, mon blog et tout ce que ça implique. Rien de palpitant.

— Tu as pu avancer sur ton retard ?

— Oui, j'avance même mieux que je l'envisageais, voire espérais ! Et toi ? Pas trop épuisé par ta marche ?

— Ça va… Je n'ai pas un physique de marathonien, c'est évident, néanmoins j'ai une bonne résistance à l'effort et le sport, quel qu'il soit, c'est mon truc.

Il massa machinalement sa cuisse, qui n'en finissait plus de supporter les séquelles de la blessure reçue en Syrie. Une brûlure irradiait toute sa jambe, transformant sa cicatrice en brasier. Son quadriceps, déchiqueté par l'impact, se remettait avec difficulté. La souffrance était permanente et ce soir plus aiguë que jamais. Pourtant, il ne l'aurait reconnu sous aucun prétexte. Il allait se plaindre tandis que Chad était mort ? Qu'était-ce en comparaison ? Rien. La souffrance n'était qu'une information lui disant qu'il était vivant. Pour cela il ne pouvait qu'être reconnaissant… Alors pourquoi se lamenter ?

Il serra donc les dents, refoulant la douleur vive de sa jambe malmenée par l'effort. Plutôt mourir que de confier à quiconque, et à Eléora en particulier, l'intensité de sa fatigue et de sa douleur. Il préférait porter son attention sur tout autre chose. Sur un monde qui n'avait rien en commun avec son quotidien de violence. Il ajouta alors :

— Et toi tu aimes le sport ?

— Oui ! Je ne suis pas qu'une littéraire folle, ensevelie sous ses livres, figure-toi ! J'aime l'escalade en salle et la varappe. J'ai même plutôt un excellent niveau… Puis j'aime courir… Enfin, j'aimais…

Il sentit tout à coup une réticence, un retrait, une faille froide.

— La grimpe c'est génial ! J'aime beaucoup aussi. Et courir dans la forêt… Mais pourquoi dis-tu aimais… Tu ne cours plus ? Tu ne souhaites peut-être pas en parler… Laisse tomber si c'est un sujet trop intime ou trop émotionnel.

Elle se força à inspirer, puis expirer avec lenteur et précision. Bien sûr que c'était un sujet compliqué !

— J'ai cessé de faire du sport depuis la mort de Noah… Un jour, je m'y remettrai… Mais c'est encore trop tôt, tu comprends…

Il ne saisit pas tout à fait le rapport, cependant il n'insista pas. Peut-être avait-elle l'habitude d'aller courir avec son petit ami, aussi cette simple activité la ramenait-elle à son absence. Elle aimait le sport, c'était une information suffisante.

— Je peux te poser une question ?

— Vas-y… Tu peux toujours la poser, je verrai ensuite pour y faire une réponse ou pas !

Il sourit, oubliant la douleur de sa jambe. Il aimait son espièglerie et son esprit, tellement peu conventionnel, du moins si éloigné de celui des jeunes américaines qu'il avait pu fréquenter. Peut-être était-ce parce qu'elle était Française ? Ou parce que c'était une littéraire passionnée par les mots ? Les deux mêlés ?

— Peux-tu me dire pourquoi ton blog se nomme le « Gator's books » ?

— Ouf, tu as de la chance, je peux te répondre. Gator pour alligator, ça tu l'as compris surtout en voyant ma mascotte dessinée par ma sœur : cet adorable crocodile perché sur une pile de bouquins, en train de les dévorer. C'est un peu moi tu vois, je suis une vraie prédatrice pour tous les livres qui me tombent sous la main ! D'où le Gator's books. Voilà.

— Bien pensé et original pour un blog littéraire. J'aime beaucoup l'idée.

Ils discutèrent ainsi, de tout, de rien, en apprenant un peu plus sur l'autre ce qui ne les amenait qu'à encore plus de curiosité. Chacun cantonné dans un univers aux antipodes l'un de l'autre, pourtant uni dans une même compréhension de l'absence et du deuil. Ils avaient sans doute plus en commun que cela pouvait sembler au premier abord. Chaque contact, chaque conversation les rapprochaient un peu plus, qu'ils s'en rendent compte ou pas.

C'est Eléora qui pour une fois, mit fin à leur chat. Elle le sentait fatigué, et il n'était pas nécessaire qu'il soit épuisé le lendemain. Il acquiesça, même s'il aurait préféré discuter avec elle toute la nuit. Avaient-ils déjà dépassé la prudence du pas à pas ?

Chapitre 12

La sollicitude de la jeune Française, son inquiétude vraie ou feinte, comment savoir, força insidieusement les barrières qu'il avait érigées au fil du temps, des expériences néfastes et de la dureté implacable de la vie. La muraille autour de son cœur se lézardait, sans doute plus vite et plus profondément qu'il ne l'aurait voulu.

Allongé dans le noir, il fixa les ténèbres, alors que la chambrée était bercée par les ronflements sporadiques de son détachement endormi. Ce soir, aucun n'avait fait long feu, ils étaient tout au contraire tombés comme des masses ! Il ricana, songeant qu'il faudrait qu'il inclue les marches dans l'emploi du temps de leur training, cependant que la douleur, omniprésente, revenait par vagues. Enfin, à condition qu'il tienne lui-même le choc ! À l'aveuglette il tâtonna dans le tiroir du placard jouxtant son lit, attrapant une boite d'anti-douleur dont il avala deux cachets. Une fois fait, il attendit que le médicament fasse effet, repassant dans son esprit le déroulé de ses conversations avec la jeune fille aux cheveux de sirène. Où cela allait-il l'emmener ? Il était dans une ambivalence qui ne lui était pas naturelle, partagé entre l'excitation de cette nouveauté débarquée si *in abrupto* dans sa vie, et l'appréhension : qu'allait-il se passer… Qu'allait-il lui arriver ? Leur arriver ?

Il dormit plutôt très bien, malgré sa jambe, se réveillant d'excellente humeur, ce qui était une sorte de miracle à lui seul. Ces derniers mois ne l'avaient pas gâté… À cinq heures il était debout dans une forme rutilante. Il profita du sommeil de ses hommes pour faire un court footing puis quelques exercices d'étirements qui firent refluer les courbatures de sa jambe blessée. Il se sentait en forme, prêt à affronter l'avenir avec un optimisme convenant mieux à son tempérament. Une fois rasé et douché, il enfila son treillis, avant de jeter un coup d'œil à sa montre. Six heures passées, il pouvait envoyer un message à celle qui non seulement occupait toutes ses pensées, mais parvenait à lui rendre un sourire perdu depuis de longs mois.

— J'espère que tu as bien dormi, je vais réveiller mes gars. Passe une bonne journée.

Avec surprise il eut une réponse, presque immédiate.

— Eh salut toi ! Oui très bien dormi, même pas l'ombre d'une insomnie, j'ai dormi comme un bébé crapaud hibernant. Et toi ?

— Idem, sauf la taille du crapaud qui serait plus en adéquation avec celle d'un crapaud buffle comme on en trouve en Guyane, néanmoins l'idée est là. Je dois te laisser, à plus tard.

— Oui à plus tard… Mais tu me fais un peu peur avec ton crapaud buffle là !

Il lui renvoya un émoticône clignant d'un œil accompagné d'un « je te ferai une photo à l'occasion. Bonne journée », qui la laissa le cœur battant et légèrement frustrée. Tant pis, qu'il aille torturer ses gars ! Elle s'enfouit un peu plus sous ses couvertures, tirant à elle son dernier livre, s'octroyant le plaisir voluptueux d'une lecture matinale. Lorsqu'elle se leva après avoir achevé son roman, ce fut d'un bond joyeux. Elle aborda toute la suite de sa matinée de cette même humeur, offrant ainsi un contraste saisissant avec celle qu'elle traînait depuis des semaines, voire des mois.

En s'attablant devant son assiette à midi, elle prit le temps, tout en contemplant un blanc de poulet pataugeant dans une sauce claire et déjà presque figée, de se demander comment le contact avec un parfait étranger, qui plus est limité à quelques chats, pouvait la mettre dans un tel état. C'était à la fois irrationnel et presque pathétique. Était-elle si seule que la simple attention d'un inconnu lui soit telle une source pour un assoiffé ? Elle réalisait tout le côté incroyable au sens étymologique du mot, sans pouvoir se départir de ses ressentis. Oui, elle appréciait le gastéropode américain, et alors ?

Ragaillardie par ce « et alors » qui envoyait toutes ses interrogations se faire voir ailleurs, elle tritura son poulet sans, néanmoins, trouver le courage d'en porter une bouchée à ses lèvres. Posé à côté de son verre, son smartphone vibra, la prévenant d'un message. Elle s'en saisit avec une sorte d'avidité affamée, le cœur battant. La photo attendue de l'escargot apparut dans la liste de ses notifications non lues. Son cœur battit un peu plus fort. Elle ouvrit le message et tomba, stupéfaite sur une photo accompagnée de quelques mots.

— J'ai pensé que t'envoyer une photo pouvait être une bonne idée…

Elle regarda à nouveau la photo. C'était celle d'un soldat, en treillis, assis sur une sorte de caisse et appuyé contre ce qui semblait être un camion ou du moins un lourd véhicule à la peinture camouflée et poussiéreuse. Il avait un visage rude, aux trais durs et à la mâchoire carrée. Des épaules larges tendaient une veste camouflée, tandis qu'une sorte de sourire éclairait son visage, se reflétant dans son regard brun. Comme tous les soldats, il arborait un crâne presque rasé, ne laissant que quelques millimètres de cheveux châtains. Sur son bras droit la bannière étoilée, sur sa poitrine son nom : un soldat comme des milliers d'autres, un homme dans toute son exceptionnelle singularité. Elle frémit, rien dans sa vie ne l'avait préparée à rencontrer quelqu'un comme lui. Son aspect était assez terrifiant, elle devait bien l'avouer, pourtant elle ne pouvait se départir de lui trouver un charme certain. Est-ce son demi-sourire ou l'assurance qu'elle voyait dans son regard ferme ? Elle ne pouvait pas vraiment mettre de mots sur son ressenti, toutefois une sorte de frisson la parcourut tout entière, tandis que son cœur sembla à la fois cesser de fonctionner et accélérer ses battements en même temps.

Elle était à la fois ravie de pouvoir mettre un visage sur son nom, qu'il devienne un peu moins virtuel, pourtant il lui était tout à coup difficile de penser que le mignon escargot puisse être cet homme au physique presque effrayant.

— Merci pour la photo… Tu es… Comment dire… Terrifiant ! Est-ce vraiment toi ? Tu n'as pas piqué cette photo sur le net par hasard, juste pour me terroriser ?

Bien à l'abri de la pluie froide qui s'abattait sur l'Allemagne depuis le matin, assis sur une caisse dans le hangar réservé aux véhicules en réparation, il éclata de rire. Il ne se voyait pas vraiment comme ça !

— C'est bien moi, oui ! Que crois-tu ? Que je suis un arnaqueur comme il en court partout sur le web ?

Il ajouta :

— Attends une minute.

Quelques secondes plus tard, elle reçut une courte vidéo. Il se tenait debout devant le camion en panne, de la main gauche il filmait avec son téléphone, tandis que de la droite il écrivait son prénom dans la poussière dense du pare-brise. Eléora. Avant de s'adresser directement à elle dans un américain à l'accent traînant propre aux états du Sud, ce qui était à la fois attendu et destabilisant.

— Alors Eléora, convaincue ?

Son nom, dans sa bouche, sonnait étrangement, mais elle aima sa manière de le dire. Elle se surprit à sourire, seule devant son assiette froide.

— Oui, convaincue. Je ne suis même pas tombée sur un profiteur, juste un gars normal… C'est presque vexant. Je rigole ! Merci pour la vidéo. Tu as l'air plutôt très grand et costaud, donc oui le crapaud buffle made in Guyane, ça te va !

— Je ne suis pas si grand, je fais 5,97ft, certes je suis compact. J'ai fait beaucoup de sport, et j'essaye de continuer à garder la forme, dans mon boulot c'est plutôt essentiel.

— 5,9 je ne sais quoi ! Purée c'est quoi ça ? C'est vrai que vous avez vos mesures impériales trop bizarres et incompréhensibles pour le reste de l'univers. Attends que je convertisse ça.

Elle cliqua rapidement sur Google, trouva un convertisseur métrique qui lui apporta presque instantanément la réponse : 1m82. Pas très grand c'était vite dit, c'était quand même un joli bébé !

— Ça va, tu n'es pas un nain de jardin non plus ! 1m82 c'est plus que pas mal !

— Et toi ?

— Quoi moi ?

— Oui, combien tu mesures ?

— Ça t'intéresse ?

Il fut tenté de répondre qu'en elle tout l'intéressait, néanmoins il se retint à temps, lui envoyant un simple émoticône souriant. À elle d'en conclure ce qu'elle voudrait.

— Et bien, je ne suis même pas une crapaude, juste une toute petite grenouille : je fais 1m57. Attends, je te convertis ça histoire que tu comprennes. Donc ça fait 5,15ft.

— En effet, tu es petite… Ma mère dit toujours que tout ce qui est petit est joli, pour une fois je suis contraint de lui donner raison.

—Oh c'est très gentil…

Malgré l'écran, malgré la virtualité de leur échange il ressentit son émotion, du moins l'ambivalence de son trouble. Elle était partagée entre le plaisir du compliment et la gêne qu'il suscitait. Cela devait faire bien longtemps que plus personne ne l'avait entourée de la moindre douceur, bien longtemps qu'elle n'avait dû recevoir la moindre prévenance. Son cœur se serra. Il aurait voulu la rassurer, lui promettre qu'elle n'était plus seule, c'était toutefois impossible. Il aurait l'air d'un fou et c'était peut-être bien ce qu'il était. Il préféra abréger leur échange afin de lui permettre de se reprendre. Prétextant la fin de sa pause, il termina hâtivement leur discussion.

Chapitre 13

Les jours passaient, ils poursuivaient leurs conversations, toujours un peu plus avides d'en savoir plus sur l'autre, toujours un peu plus curieux, un peu plus accroc, de jour en jour plus dépendants de ce contact qui n'avait d'autre réalité que les messages auxquels ils se raccrochaient avec un optimisme presque désespéré. Chaque matin, ils venaient aux nouvelles, se préoccupant de savoir comment allait l'autre. C'était le plus souvent Clint, levé avec l'aube dans une habitude dont il ne pouvait se départir. Eléora, certains jours, parvenait à le prendre de court, allant jusqu'à programmer l'alarme de son téléphone afin de lui envoyer la première un bonjour matinal. Chaque jour ils en apprenaient un peu plus sur l'autre, ses goûts, ses centres d'intérêts, ses déboires, tout ce qui faisait une vie humaine.

Il lui confia aimer conduire, que ce soit de lourds 4X4 ou de légers avions. Grâce à son grand-père, ancien pilote de chasse, il avait eu une autre vision de la vie que celle distillée par son père aux pensées étonnamment rigides pour un homme prônant la philosophie, et une mère presque inexistante, dévouée à son seul rôle de mère et d'épouse et ne se réalisant qu'auprès de son église, de Dieu et de ses devoirs envers sa famille. Cette attitude l'horrifiait, aujourd'hui encore. Il aurait voulu la secouer et lui montrer que personne ne l'obligeait à une telle soumission dévote. Par chance, enfant il passait toutes ses vacances chez son aïeul, veuf bourru, aux mille histoires et aventures, à côté desquelles celles de Buck Danny semblaient bien pâles. Son frère Cole préférait partir en vacances chez leurs autres grand-parents, dignes pasteurs de qui leur fille tirait toute son éducation. Clint, lui, vivait des moments de rêve auprès de cet homme fort en gueule, excessif en tout, auquel le jeune garçon s'identifia, ne voulant qu'une chose : lui ressembler, devenir comme lui un héros aux milliers d'anecdotes. Aujourd'hui, il était en passe de réussir… déjà, bien qu'à présent il commençait à douter que ce soit une bonne chose.

Installé dans une maison en bois au pied des montagnes, Stan', ce grand-père fou d'avion, avait chez lui un antique bimoteur datant de la Deuxième Guerre mondiale, qu'il pilotait lors de meetings aériens, ou juste pour le plaisir d'emmener son petit-fils et l'entendre rire aux éclats. Car Clint partageait avec lui, non seulement une tendance à l'héroïsme, mais aussi une passion pour la mécanique et les avions. Très tôt, son grand-père lui confia le manche, très vite, le jeune Clint passa son brevet de pilote à la grande fierté de Stan'. Cela fut une énième source de conflit avec ses propres parents et surtout avec son père qui avait lui-même pris un chemin à l'opposé de la voie paternelle qu'il jugeait du haut de son doctorat.

Lorsqu'il lui racontait ça, ainsi que toutes les aventures vécues avec son grand-pa' : les bivouacs dans la montagne, dormir à la belle étoile sans peur ni des ours ni de rien, il en avait encore des étoiles dans les yeux. Bien sûr, elle ne pouvait les voir, cependant elle les percevait au travers de ses mots, de l'enthousiasme qu'il mettait dans ses phrases et dans sa ponctuation. Dans ces moments-là, l'image du soldat terrifiant était bien loin : c'était le petit garçon encore émerveillé qui parlait par sa bouche d'adulte. Elle en était touchée, bien plus profondément qu'elle ne le pensait. Un peu jalouse aussi. N'aurait-elle pas rêvé d'avoir un tel papy qui l'emmène crapahuter au long des sentiers, tout en lui racontant des histoires de crash, d'avions en feu et d'héroïsme ? Sur un coup de tête, il lui promit de lui faire rencontrer Stan et de marcher au long de l'Appalachien Trail lorsqu'il aurait enfin la possibilité de prendre des vacances. Dans quelques mois à peine, il pourrait rentrer aux US, retrouver sa famille et bénéficier enfin de plusieurs semaines de détentes.

L'emmener avec lui en Caroline du Nord, c'était là un phantasme qu'il aurait souhaité voir devenir réalité. Elle en rêvait aussi, dans le secret de ses nuits, sachant pourtant que jamais il ne se réaliserait. Dans quelle vie irait-elle à sa suite sur des chemins sillonnant des forêts poussant sur les pentes de montagnes ? Pas dans celle-ci en tout cas. Elle était suffisamment lucide pour s'en rendre compte, bien que parfois, la douceur de se laisser aller à des fantasmagories soit la plus forte.

Oscillant entre découvertes, projections de futurs possibles ou utopiques, ils avançaient, explorateurs de leur propre devenir. Rien ne les avait préparés à une telle rencontre. Ils étaient donc là, le cœur battant, avides et inquiets, ne sachant plus que penser, ne sachant comment réagir, ne voulant qu'une chose : voir un message de l'autre s'afficher sur l'écran de leur téléphone. Ils étaient là, perdus pour la réalité, sursautant au moindre bruit émis par leur smartphone, guettant la moindre notification, vérifiant dix fois, cent fois si par hasard un message n'était pas arrivé. Ils étaient devenus accros, accros à l'autre, accros à ce contact intangible et fragile, aussi éthéré et réel qu'un nuage peut l'être.

Les jours passaient, dans cette sorte de transe, folle, presque dramatique. De temps en temps, il lui envoyait des photos, selfies volés lors de sorties, de footing avec ses gars ou de transports dont il assurait la sécurité. Chacune de ses photos faisait battre un peu plus le cœur d'Eléora et le lui transperçait du même coup. Elle ne pouvait lui rendre la pareille. Elle ne vivait, ne respirait plus que le cœur percé par un poignard invisible dont nul ne soupçonnait l'existence et qui, pourtant, était là, fiché dans sa poitrine, la faisant saigner.

Alors que c'est lui qui l'avait contactée, c'est elle qui accepta leur relation avec le plus d'évidence, le plus de simplicité. Il lui plaisait, oui. Elle aimait chatter avec lui jusqu'aux petites heures du matin, elle aimait penser à lui, elle aimait l'idée d'avoir quelqu'un à qui confier les riens de son existence. Elle aimait l'idée d'être celle qui soit là pour lui, celle à qui il songeait le matin au réveil, aussi spontanément que sa propre image la surprenait elle-même, en ouvrant les yeux. Jusqu'où cette relation, à la fois virtuelle et épistolaire pouvait aller, ni l'un ni l'autre ne le savait. Elle était toutefois assez réaliste pour savoir que c'est le cas de chaque relation : qui peut en pronostiquer l'avenir ? Dans une sorte de pari fou sur le bonheur, elle s'était donnée avec toute la franchise qu'elle pouvait.

Pour Clint, moins naïf, plus méfiant, la situation était plus complexe. Chaque jour passant, il se posait plus de questions. Qui était-elle, pourquoi refuser de lui envoyer des photos ? Était-elle vraiment ce qu'elle prétendait être ? Ou bien était-ce une arnaque ? De surcroit il se rendait compte qu'il glissait sur une pente très savonneuse : il commençait à s'attacher plus que de raison à la jeune Française. Il était assez réaliste pour se rendre compte que tomber amoureux d'un simple contact sur le net était d'une bêtise absolue. C'était pourtant trop tard. Entre ses propres questionnements et les doutes qu'il accumulait, un matin il résista à lui dire bonjour comme chaque jour. Il ne pensait plus qu'à elle, tout le temps, et cela devenait trop. Par chance il n'était pas sur un terrain de guerre sans quoi son manque de concentration lui aurait coûté cher.

Chapitre 14

Ce matin-là, l'esprit et le cœur débordant, il éteignit son téléphone, gueula sur ses boys et les emmena courir sous la pluie. Cela lui fit le plus grand bien… Moins à eux, mais de ça il s'en fichait ! Durant trois jours il réussit à ne pas lui répondre. Chaque minute il était tenté de le faire. Toutefois les mâchoires serrées sur une sorte de colère non exprimée, il résistait avec toute sa volonté, malgré les cris désespérés de son cœur.

De son côté, Eléora lui envoya messages sur messages, chaque heure passant augmentant son désarroi, son incompréhension, tandis qu'une peur lancinante l'étranglait, jusqu'à l'empêcher de manger ou de dormir. S'il lui était arrivé quelque chose ? Au bout de trois jours à ne survivre qu'en apnée, elle jeta un dernier mot, comme on lance une bouteille à la mer en ultime ressort.

— Clint réponds-moi ou appelle-moi, je t'en supplie. Voici mon numéro de téléphone. Explique-moi. Ne me laisse pas comme ça.

Le message était suivi par son 06. Le cœur frissonnant d'une espérance désemparée, elle attendit. En fin d'après-midi son smartphone sonna, annonçant un numéro inconnu, la faisant sursauter. Fébrile et tremblante elle prit l'appel. Une voix, rude, l'interpella en anglais.

— Clint… C'est toi ! Est-ce que tu vas bien ? Tu n'es pas blessé ?

— Non, tout va bien, ne t'inquiète pas. L'Allemagne n'est pas l'Irak ou la Syrie, on a peu de chance de sauter sur une mine.

Il tentait une sorte d'humour gauche, conscient tout à coup de l'inquiétude que son silence avait pu susciter. Eléora s'écroula en boule sur son lit, faisant tous ses efforts afin de ne pas sangloter de soulagement, réalisant combien elle avait eu peur pour lui et du même coup, combien il comptait pour elle. Des larmes débordaient de ses yeux clairs, roulant sur ses joues pâles et creuses, des larmes de joie.

— Mais pourquoi... Pourquoi ne me répondais-tu pas ? J'ai imaginé n'importe quoi... J'ai eu tellement peur.

Il prit une profonde inspiration, troublé par la voix douce, tremblante d'émotion, qu'il entendait pour la première fois.

— Toute cette histoire est folle... Ou alors c'est moi qui suis fou...

— Qu'est-ce que tu veux dire ? Pardonne-moi pour mon anglais, mon accent est pitoyable, je maitrise mieux l'écrit que l'oral.

— Ton anglais est parfait et ton accent adorable, là n'est pas le problème.

— Alors où est-il ?

— Je ne pense plus qu'à toi. Sans arrêt. À chaque minute.

— Oh... Et c'est un problème...

— J'ai peur de savoir jusqu'où cette histoire va m'entraîner, j'ai peur que tu te joues de moi, que tout cela ne soit qu'une supercherie et que j'en sois la victime...

— Mais… Clint… Que crois-tu que j'éprouve ? Crois-tu que je n'aie pas les mêmes doutes et les mêmes appréhensions ?

Il respira profondément, fixant le point sombre d'un corbeau volant en rase-mottes au-dessus des hangars et des bâtiments de la base. Que cherchait-il ?

— Je ne sais pas…

— Clint, je t'en prie, je t'ai ouvert mon cœur, donné mon 06, que veux-tu de plus ?

— Pardonne-moi Eléora, mais c'est très confus et compliqué… Je voudrais tellement plus de toi… Tellement… I love you…

Elle demeura une seconde suffoquée, le cœur embrasé, tandis que ses lèvres balbutiaient sans que rien ne puisse les empêcher :

— I love you too…

L'irrémédiable avait été dit et un point de non-retour, franchi. Elle avait aimé Noah, de tout son cœur, cependant ce qu'elle éprouvait à présent, la ravageait tel un feu de forêt : irréductible et mortel.

Ne s'attendant pas à une telle réponse, il chancela. Afin de ne pas tomber, il dût s'appuyer contre un arbre aux branches molles et dénudées. Il s'efforça de respirer, murmurant d'une voix basse :

— Eléora…

— Tu as bien entendu… Je t'aime Clint, je ne l'avais pas compris, pas entièrement réalisé du moins, jusqu'à cet instant, jusqu'à ce que tu ne me donnes plus de signe de vie durant trois jours. J'ai cru devenir dingue ! C'était horrible ! Ne recommence plus jamais ça !

Elle s'interrompit une seconde, puis reprit d'un ton plus bas, presque haché.

— Merde ma mère arrive, j'entends sa voix dans le couloir. Je dois te laisser. Promets-moi de ne plus me laisser sans nouvelles… À ce soir… Et I love you !

Elle coupa la communication à l'instant où la porte s'ouvrait, livrant passage à son typhon de mère. À sa suite Axelle se précipita vers elle, l'embrassant avec son exubérance coutumière. Elle avait les joues fraîches et rosies par le froid de l'automne.

— Brrr tu es glacée ma choupette, murmura sa sœur aînée, frissonnant à son contact. Axelle s'installa sans plus s'en faire sur le lit, se lovant contre sa sœur.

— Toi en revanche tu es chaude comme un petit pain ! Tu étais au téléphone avant qu'on arrive ? J'ai cru t'entendre parler…

Eléora rougit imperceptiblement, cacha son trouble en haussant les épaules avec une fausse désinvolture :

— Non du tout. Pourquoi dis-tu ça ?

— Pour rien, j'ai eu l'impression d'entendre ta voix.

— Ah oui, je m'entraînais, pour des exercices de diction.

— De diction ?

— Oui, j'essaye de rattraper mon retard, j'ai des partiels en janvier ma p'tite.

— Ce qui est une excellente chose ma chérie, susurra sa mère, un sourire triomphant et radieux illuminant un visage redouté par tous ses élèves. Elle allait ajouter autre chose, ayant vraisemblablement un rapport avec le bienfait d'étudier, lorsque son téléphone l'interrompit. Elle fouilla dans son sac, l'attrapa, décrochant avec un « allo » qui avait dû glacer son interlocuteur. Elle articula silencieusement vers ses filles « c'est un parent d'élève ». Elle sortit dans le couloir afin d'être plus à son aise pour parler en toute franchise du cas du jeune Kevin.

La porte à peine refermée, Axelle bondit sur le smartphone de sa sœur, s'en saisit tout en se mettant hors de portée d'Eléora. Cette dernière blêmit, réprimant un cri exaspéré. Elle s'écria à mi-voix, entre ses dents serrées sur une colère rentrée :

— Axelle, rends-moi ce téléphone !

— Viens le chercher si tu veux !

Sa sœur la fusilla d'un regard glacial.

— Ça va, je vais te le rendre… Sitôt que j'aurai vérifié un truc ! rétorqua sa cadette avec l'effronterie exaspérante qui la résumait.

Avant qu'Eléora fasse mine de sauter de son lit et de la poursuivre, elle pianota le code secret de cette dernière, regardant le dernier appel : un numéro inconnu avec un indicatif tout aussi mystérieux, et surtout une conversation se terminant une seconde avant qu'elles n'arrivent.

Triomphante, Axelle lança le petit appareil à son aînée qui le saisit au vol, le visage dévasté par une fureur disproportionnée, du moins c'est ce qu'Axelle songea avec une moue goguenarde en susurrant :

— Des exercices de diction... Mais oui ! Y a que maman pour gober ça ! Alors c'est qui ce « professeur » de diction ?

— Personne que tu connaisses !

— Mais encore ? C'est quoi ce numéro ?

— Mêle-toi de tes affaires !

La plus jeune accentua sa moue moqueuse, tout en entrant l'indicatif pour une recherche Google. En même pas une seconde, sa curiosité insatiable fut satisfaite, du moins en partie puisque cela suscitait de nouvelles questions.

— L'Allemagne ! Tu as une communication d'Allemagne ?

— Oui, avec un auteur...

— Tu mens toujours très mal Lara. Alors c'est qui ?

— Purée Axelle, tu ne peux pas t'occuper de tes fesses pour une fois ! fulmina Eléora.

— Ne me dis rien, comme tu veux. Néanmoins, tu sais combien de temps je passe avec maman, un mot... Sans faire exprès, tu vois...

— Tu me le fais au chantage c'est ça ?

Axelle s'installa à nouveau sur le lit, dardant son regard pétillant dans celui, atterré de sa sœur.

— Toujours ! Alors tu craches le morceau ?

Eléora repoussa en soupirant une mèche bigarrée, mi-parme mi-châtain, résignée et furieuse en même temps. Son cœur battait à grands coups, comme après une course trop longue.

— Depuis quelque temps je chatte avec un gars…

— Ah oui ? Vraiment ? Tu sais que le web est rempli de dingues ?

La jeune fille haussa une épaule.

— Je ne suis pas idiote, figure-toi.

— Admettons. Alors c'est qui ce gars, seul type à ne pas être cinglé sur tout le net ?

— C'est un mec normal…

— Ah oui, mais encore…

— Tu m'énerves Axelle !

— Heureusement, sinon ça servirait à quoi d'avoir une sœur. Bon allez, accouche !

La plus grande prit une inspiration, avant de lâcher d'une voix presque inaudible :

— C'est un soldat américain, basé en Allemagne. Il s'ennuie, je m'ennuie… Voilà rien de plus.

— Un soldat OK, y a pas de sot métier, bon… Passons. Et donc vous vous ennuyez ensemble, ou vous vous désennuyez ?

Eléora esquissa un sourire, sa colère refluait. Elle ne pouvait jamais rester très longtemps fâchée contre sa peste de sœur.

— On essaye plutôt de se désennuyer.

Son regard d'un étrange lilas profond, se vrilla dans celui brun et doré de sa sœur, son ton était tout à coup si sérieux :

— N'en parle pas à maman. Tu sais il a aussi perdu quelqu'un de proche, son meilleur ami, alors il comprend… Il m'aide à aller de l'avant.

— Je ne dirai rien, pour qui me prends-tu ! Croix de bois et tout ça… À la condition cependant que tu me tiennes au courant hein, on n'a rien sans rien en ce bas monde !

Les deux sœurs, à la fois si différentes et si semblables, se dévisagèrent avant d'éclater d'un même rire complice.

Chapitre 15

Bercés par la douceur plus enivrante qu'un alcool de contrebande de ce sentiment nouveau, ils avançaient sans se préoccuper de rien, hors de leur cœur qui ne battait plus que pour un seul nom. L'hiver avançait, amenant les premières journées de glace, les premières gelées qui blanchirent les arbres du square, irisant les épines du mélèze, précipitant la chute des ultimes feuilles des érables. Quelle importance ? Quel que soit le temps ou les températures, Eléora et Clint brulaient d'un feu dévorant, que rien ne pouvait calmer. Cent fois par jour ils songeaient en leur for intérieur que toute cette histoire était irréelle, insensée... Cependant leurs cœurs les traînaient pieds et poings liés vers un destin dont ils ne pouvaient rien deviner, auquel ils ne pouvaient entrevoir ni issue, ni échappatoire. Lui parce qu'il se posait trop de questions, elle parce qu'elle ne pouvait ni lui répondre ni le rassurer... Ils étaient piégés. Ils en avaient une parfaite conscience, pourtant ni l'un ni l'autre ne pouvait faire marche arrière, tous deux bloqués par leurs propres émotions.

Alors qu'il venait de lui envoyer une énième photo de lui, il exigea un retour. Cela ne lui paraissait pas trop demander ! Il voulait la voir. Il voulait s'assurer qu'il ne rêvait pas, que cette fille dont il rêvait de jour comme de nuit, cette fille qui occupait toutes ses pensées, tout son cœur aussi, était bien réelle. Du moins bien celle qu'il croyait.

— My sweetheart, veux-tu faire quelque chose pour moi ?

— Bien sûr.

— Tu prends ton téléphone et tu m'envoies un selfie, je me fiche que tu sois mal coiffée ou avec un pyjama à la con, je veux juste te voir.

Dans la demi-obscurité de la chambre, la jeune fille devint livide alors que son cœur semblait cesser de battre. Elle était à la torture.

— Clint je t'en prie…

— Quoi ? Ne me dis pas que tu es incapable de savoir faire un selfie ! Ou alors c'est que tu ne veux pas. Ce qui est autre chose. Tu me caches quelque chose. Je le sais. Tu n'es pas qui tu prétends être. C'est ce que je dois comprendre ?

— S'il te plait, fais-moi confiance…

Il bondit au sens propre et figuré, se redressant brusquement, tout en donnant un violent coup de poing dans une armoire qui n'avait rien demandé. Ses hommes sursautèrent, le considérant avec un certain effarement.

— Comment veux-tu que je te fasse confiance ? Prouve-moi que tu es bien qui tu prétends être !

En larmes et se tordant les bras de désespoir, elle ne savait plus que faire. Elle ne lui en voulait pas. Elle savait qu'il avait raison de nourrir des doutes. Malgré cela que pouvait-elle faire ?

Soudain, une idée lumineuse jaillit d'un recoin de son cerveau dévasté par l'angoisse. Elle ouvrit le tiroir de sa table de nuit, farfouilla quelques secondes avant de trouver son portefeuille. Elle en tira sa carte d'identité, dont elle prit en tremblant, une photo recto verso. Elle la fit suivre aussitôt à Clint dont elle percevait la colère et la frustration, malgré les centaines de kilomètres qui les séparaient.

-Est-ce que cette preuve te suffit ? Une carte d'identité Française avec puce, infalsifiable.

Il considéra les deux photos avec un intérêt dubitatif. Toute une part de lui voulait absolument la croire, toutefois ce soupçon, ce doute, cette certitude qu'elle dissimulait quelque chose était comme un poison.

— Tu aurais pu la voler…

— Mais oui bien sûr ! Et la photoshoper en une minute aussi, ainsi qu'hacker le blog de cette fille en plus de son compte twitter ! Tu te rends compte de ce que tu sous-entends ?

Il ne répondit rien. Que pouvait-il dire ? Ses soupçons étaient plus forts que tous les arguments qu'elle pouvait lui opposer.

— Clint… S'il te plait…

— Dis-moi la vérité Eléora, dis-moi toute la vérité, quelle qu'elle soit. Je t'écoute.

En larmes, elle s'écroula en tas pitoyable sur son lit encombré de livres.

— Tu sais tout Clint… Je t'aime ! Que veux-tu que je te dise de plus ?

Il hocha la tête, les lèvres crispées, serrées en une ligne mince et froide.

— OK, comme tu veux.

Sur quoi il éteignit son téléphone, la laissant en plan.

Elle essaya de le rappeler, ce fut peine perdue. Elle le connaissait suffisamment à présent pour savoir qu'il avait un caractère bien trempé. Comment faire... Elle se ratatina en petite boule désespérée, commençant par sangloter ce qui n'était pas un début de solution, c'est vrai, mais une réaction physiologique urgente. Son cœur débordait au travers de larmes dévalant sur ses joues pâles. Ce soir c'était trop pour elle. Après la perte irrémédiable, irremplaçable de Noah qui l'avait laissée anéantie, son cœur, avide et affamé, avait cru trouver en Clint, cet escargot philosophe un jour, guerrier un autre, un havre où se poser. Une terre d'accueil pour ses sentiments malmenés par la vie. Aujourd'hui, il exigeait d'elle plus qu'elle ne pouvait lui donner ou lui offrir. Ses doutes, n'étaient pas infondés, ils lui faisaient néanmoins mal, si mal... Suffoquée, il lui semblait que ses poumons n'avaient plus ni force ni espace afin d'inspirer, à moins que ce ne fut l'oxygène qui ait déserté l'univers. Oui, c'était plutôt là le début de réponse à son asphyxie : il était son oxygène, son essentiel sans qui elle ne pouvait vivre, elle s'en apercevait avec un cuisant réalisme.

Elle tourna et retourna le problème dans tous les sens, n'y trouvant aucune solution satisfaisante. Epuisée, elle finit par sombrer dans un sommeil agité, rêvant tour à tour de Noah et de Clint, tous deux l'abandonnant l'un après l'autre. Le rêve tenait plus du cauchemar, ou d'un rêve pour amateur de tragédie. Elle s'éveilla vers les quatre heures du matin, hagarde, épouvantée et défaite. Sa première pensée consciente fut pour lui, son premier geste fut de se saisir de son smartphone et de vérifier ses messages. Un espoir fou faisait battre son cœur, à croire qu'elle allait faire une attaque. Mais rien, hormis quelques notifications anodines, qu'elle ignora. L'espoir laissa place à un vide sidéral, glacé. Elle se lova, petite chose désarmée, son téléphone dans sa main tremblante. Comment un type qu'elle ne connaissait pas quelques semaines auparavant, qu'elle n'avait même pas vu en réalité, pouvait avoir une telle emprise sur elle ? C'était pitoyable.

Elle serra son oreiller contre sa poitrine, refoulant les larmes qui ne demandaient qu'à jaillir, encore, à croire qu'elle possédait en réserve des bonbonnes remplies de pleurs et de sanglots. Allait-elle plus pleurer pour lui qu'elle ne l'avait fait pour Noah ? C'était insensé. Toute cette l'histoire l'était en réalité… Qu'y pouvait-elle ? Elle avait l'impression de ne plus rien contrôler, comme si son cœur et ses sentiments étaient partis seuls, battre la campagne ! À moins que ce ne soit son cerveau qui déraille et qu'elle soit folle. Les deux étaient aussi envisageables !

D'un geste nerveux, agacée, elle essuya ses joues mouillées, repoussa l'oreiller et attrapa un carnet ainsi qu'un stylo, traînant sur sa table de nuit. D'un geste sec elle l'ouvrit, écrivant les mots qui, spontanément, jaillissaient dans son esprit. La main encore tremblante, elle écrivit quelques minutes, raturant un mot, en remplaçant un autre. Une fois cela fait, elle recopia le court message et l'envoya à Clint. Tant pis de ce qu'il en penserait. Son cœur ne battait plus, son sang n'était qu'un sirop opaque obstruant ses veines, tandis que ses poumons ne parvenaient toujours pas à lui fournir le moindre souffle. Alors, au point de non-retour où elle était, qu'il prenne ça comme il le veuille.

Chapitre 16

Clint ne dormait pas, lui non plus. Comme un lion enragé, il était parti faire un footing nocturne, espérant que la fatigue corporelle aurait raison de lui, enfin surtout des idées néfastes qui empoisonnaient son esprit. Ce fut peine perdue. Il revint aussi furieux qu'il était parti, il était juste suant et fatigué. En rentrant récupérer son treillis avant d'aller se doucher, il jeta un coup d'œil à la fois machinal et plein d'espoir à son smartphone, comme si le petit appareil pouvait répondre et résoudre chacun de ses problèmes. Son cœur sembla chuter dans sa poitrine lorsqu'il vit un message d'Eléora. Bien sûr elle lui avait écrit. C'était presque une évidence. Essuyant la transpiration qui coulait sur son front, il fit glisser la notification et ouvrit le message. Il s'attendait à un flot de questions, à tout sauf à un court poème :

I don't want anything more

I'll never ask God anymore

I just want you

Nothing new

Just you and me,

Safely.

Rien de plus, hormis son prénom, Eléora, comme s'il avait pu douter de l'expéditeur. Les mots étaient presque maladroits, cependant ils hurlaient de douleur. Il s'assit ou plutôt se laissa tomber lourdement sur son lit fait au carré. Que pouvait-il répondre à ça ? Il aurait voulu la prendre entre ses bras, lui murmurer à l'oreille qu'il serait là pour elle, à tout jamais. Mais cette Eléora, son Eléora, n'était-elle pas un simple mirage ? Il devait en avoir le cœur net. Il éteignit son téléphone, attrapa un treillis propre dans son placard, tout en gueulant après ses gars encore endormis.

Après une bonne douche, rasé et habillé, il eut les idées un peu plus claires. D'un pas vif il se dirigea vers le bâtiment des communications tandis que ses boys se levaient péniblement. À cette heure-ci, peu de gens pour prendre d'assaut les PC mis à disposition afin de distraire le personnel et qu'ils puissent communiquer avec leurs familles. Il s'installa devant un ordinateur. Tandis que la machine se mettait en marche dans un ronron lancinant, il sortit son téléphone, appelant celle qui obnubilait toutes ses heures de jour comme de nuit. Dès la deuxième sonnerie elle répondit. Sa voix était mince, fragile comme du crystal qu'un mot peut briser.

— Honey, nous devons parler, mais mon forfait va exploser. Je suis devant un PC, on se fait un Skype ce sera plus facile.

— Clint, je suis tellement contente de t'entendre… mais un Skype…

Il perçut sa réticence, ce qui alluma à nouveau une sirène d'alarme dans son esprit.

— Quoi ?

— Mon PC est très vieux… La caméra… Mais on peut essayer, oui, bien sûr…

— À tout de suite.

Il raccrocha sans un mot de plus, le sang battait à ses tempes le menaçant d'une migraine. Il ferma une seconde les yeux, soufflant afin d'évacuer la colère, puis il lança Skype.

En France, Eléora, affolée, tira le tiroir de sa table de nuit. Elle en extirpa un rouleau de sparadrap et en déchira un bout, les doigts tremblant d'angoisse. Alors que l'application lui annonçait un appel, elle parvint à coller le bout d'adhésif sur la caméra de son ordinateur portable, priant le ciel pour que cette mesure soit suffisante. Hâtivement, elle cliqua sur la prise de contact. Aussitôt elle vit Clint, là face à elle, aussi réel que s'il se trouvait dans la même pièce. Elle ne put s'empêcher de murmurer :

— Je suis si heureuse de te voir... Si tu savais...

De son côté, il ne semblait pas aussi heureux. Le regard assombrit par une colère grandissante, il lâcha d'un ton brutal :

— J'aimerais pouvoir en dire autant !

— Je suis désolée my love, mais mon PC...

Il fit un geste pour l'interrompre.

— Pas la peine d'en dire plus ! Tu as toujours une bonne excuse pour esquiver et refuser de me montrer qui tu es réellement. Dans ce cas, je crois que nous n'avons plus rien à nous dire.

— Clint non ! Je ne sais pas ce que tu crois ou imagines, mais rien de ce que tu penses n'est vrai. Je suis bien Eléora, étudiante le jour, blogueuse la nuit et folle amoureuse d'un escargot américain. Il faut que tu me croies, laisse-moi un peu de temps. Je t'en prie...

Il s'était à demi redressé, comme s'il voulait partir et encore une fois la planter là. Il fronçait les sourcils considérant l'écran grisâtre, les mâchoires crispées sur une frustration grandissante. Il passa une main sur son crâne presque rasé, essayant de conserver son calme.

— Du temps... Mais Darling quel temps veux-tu de plus ?

— Laisse-moi quelques semaines... I love you...

— Dis-moi tout, tout de suite. Ou bien...

Eléora était à la torture, en larmes elle ne pouvait que bredouiller :

— Je ne peux pas...

— OK dans ce cas.

Avec une brutalité dont il pouvait faire preuve dans certaines occasions, il coupa la communication, sans même un mot de plus.

Il se retint de frapper l'écran de ses poings nus. Cela ne changerait rien ni à la situation ni à son exaspération. Elle jouait avec lui, lui dissimulant il ne savait quoi, mais quelque chose qui avait tout à voir avec son identité. Était-elle l'un de ces arnaqueurs menteurs qui prenaient d'assaut le web, à la recherche de victimes qu'ils appâtaient à l'aide de love story totalement bidon, avant de leur extorquer leur pognon ?

À sa décharge elle ne lui avait encore rien demandé... Ou bien le laps de temps qu'elle réclamait, visait à un peu mieux structurer son mensonge ? Il ne savait plus que penser. Dans ces cas-là, il usait d'un réflexe acquis dans son enfance : il en parlait à son grand-père. Sa main glissant sur ses contacts, il appuya sur celui marqué comme Grand Pa'. Malgré le décalage horaire il appela, sachant que Stan' répondrait, peu importait l'heure.

Au bout de quelques secondes à peine, la voix grave du vieux pilote résonna dans l'appareil.

— Eh mon p'tit ! Tu vas bien ?

— Oui Grand Pa', tout va bien...

Il entendit le vieil homme ricaner.

— Tu m'appelles au milieu de la nuit et tout va bien. À d'autres. Alors qu'est-ce qui cloche ? Tu n'es pas blessé ?

— Non, je vais bien...

— OK, disons que tu es safe, mais non tu ne vas pas bien... C'est une gonzesse c'est ça ?

Clint, esquissa un sourire. Son grand-père avait toujours tout deviné, ou bien grâce à son œil perçant de pilote, pu tout discerner. Il hocha la tête tout en lâchant à mi-voix :

— Oui, c'est ça...

— Allez p'tit raconte, je vais prendre une bière, histoire de m'éclaircir les idées.

En quelques mots précis il brossa le tableau : leur rencontre, son attirance immédiate, leur complicité presque irréelle jusqu'à son refus de lui montrer la moindre photo, puis ses doutes qui avaient commencé à le ronger, jusqu'à aboutir à cette ultime scène. Dramatique, déchirante. Inutile.

— Tu te demandes si elle est bien celle qu'elle prétend être ou que tu crois qu'elle est, c'est ça ? Eh bien, qu'attends-tu ! Va droit à l'objectif mon p'tit. Elle t'a donné des photos de sa carte d'identité, tu as donc son adresse. De quoi as-tu besoin de plus ?

— Grand-père tu es le meilleur !

— Non, je ne me perds pas en réflexions idiotes, c'est tout. Toujours focus sur l'objectif. Allez, action soldat !

Après avoir raccroché et rangé son smartphone dans l'une des larges poches de son treillis, il enfonça sur son crâne sa casquette au motif vert camouflage. Sans plus hésiter, il fonça à grands pas vers les bureaux où se trouvait son supérieur. Une fois-là, il frappa à une porte où était inscrit un sobre « capitaine ». Avant qu'on l'invite à entrer, il rectifia sa tenue puis poussa la porte. Avec une rigueur toute martiale, il salua l'homme installé derrière un bureau. Ce dernier lui rendit son salut, tout en le scrutant d'un œil perçant.

— Alors sergent, que me vaut votre visite ?

— Capitaine j'ai besoin que vous m'accordiez quatre jours.

— Quatre ? Et pourquoi ?

— C'est… personnel, Capitaine.

— Rien n'est personnel. Vous voulez quatre jours pour en faire quoi ?

— Je dois me rendre en France, Sir.

— Et pourquoi, tout à coup, vous devez aller en France ?

— Je dois voir une amie, de toute urgence monsieur.

L'officier le scruta, un long moment, avant de laisser tomber avec une froideur de couperet :

— Je vous donne trois jours à compter de ce soir sergent. Pas une minute de plus.

— Merci Capitaine.

— Rompez.

Clint salua, essayant de n'offrir qu'un visage inexpressif à son supérieur, alors qu'il aurait souhaité sauter et hurler d'une joie triomphante. Il allait enfin connaître le fin mot de cette histoire ubuesque. Préoccupé par tout ce qu'il avait à organiser, il tomba beaucoup moins sur le dos de ses gars, qui ne s'en plaignirent pas !

Chapitre 17

À dix-huit heures, un mince sac à dos sur l'épaule, il profita d'un camion partant à Sarrebruck, pour se faire déposer en ville. Il marcha jusqu'à une agence de location de véhicules, où il avait le matin même réservé une voiture. Une fois les papiers de location expédiés, il récupéra les clefs et n'eut aucune difficulté pour trouver la voiture qu'il avait louée : c'était le seul Coupé Mercedes de tout le parc.

Songeant que cette histoire serait un fiasco total, il s'était dit qu'au moins, en choisissant un tel véhicule, il se ferait un petit plaisir, à défaut de mieux… Ce serait une sorte de consolation. Conduire une telle voiture sur un aussi long trajet, serait sans doute important, surtout lors du retour, une fois qu'il saurait, une fois qu'il aurait eu la confirmation de tout ce qu'il redoutait.

Il ouvrit la portière, jeta son sac sur le siège passager et s'installa au volant : en route pour un road trip des plus étranges. Il régla le fauteuil, appréciant le confort du cuir souple, puis il entra l'adresse d'Eléora dans le GPS et démarra. La Classe C ronronna tel un félin, s'engageant avec douceur sur la route. Le GPS lui annonça presque sept heures de trajet jusqu'à Clermont Ferrand, une ville secondaire placée, semblait-il, au milieu de montagnes, c'est du moins ce qu'il avait crû retenir de ses conversations avec la jeune Française. Il n'était pas pressé. Du moins pouvait-il prendre son temps, même si, mille questions sans réponses l'incitaient à arriver le plus vite possible.

La nuit était déjà tombée. Cependant, cela ne le dérangeait pas plus que ça. La grosse cylindrée était d'un confort de conduite inégalable, les autoroutes françaises étaient certes très fréquentées, néanmoins plutôt bien construites : son voyage vers la vérité n'était donc pas si mal engagé. Il roula jusque vers une heure du matin, puis il fit une pause sur une aire de repos. Il se gara entre deux camions et s'endormit pour deux heures. Nul besoin de mettre une alarme quelconque pour se réveiller. Il avait appris à dormir en fractionné et à s'éveiller à volonté, lorsqu'il était en zone de guerre. C'était devenu une sorte de seconde nature, ça et s'endormir n'importe où dans la minute.

Deux heures plus tard, plutôt frais et dispos, il prit un café brûlant et insipide dans la station-service, ouverte nuit et jour. Des routiers étaient là, devisant dans des langues auxquelles Clint ne comprenait rien, et peu lui importait ! Les chauffeurs le suivirent du regard, toutefois nul ne lui fit la moindre réflexion. Était-ce dû à son uniforme ou à sa carrure, ou bien encore à son air particulièrement mal aimable ? Sans même se préoccuper de l'effet qu'il pouvait faire, il but son café, songeant encore à Eléora, se demandant pour la millième fois, ce qui l'attendait là-bas.

Il remonta ensuite dans le coupé gris métallisé, reprenant sa route. Il parvint à Clermont Ferrand avec l'aube. Le soleil se levait dans un somptueux camaïeu de rouges et de mauves, auréolant le Puy de Dôme qui surplombait la ville de sa silhouette en pain de sucre. Clint considéra la montagne avec un intérêt à la fois étonné et dubitatif : les Appalaches de son enfance n'avaient rien en commun avec ces montagnes-là ! Il traversa la ville au travers de rocades encore à peu près vides, les habitants commençant tout juste à se réveiller. Bientôt tout serait pris d'assaut, mais pas tout de suite. Laissant la bourgade derrière lui, la sportive grimpa sans effort une route en lacets qui l'amena jusqu'à un village accroché au flanc d'une montagne, enfin, lui l'aurait plutôt qualifiée de colline. L'architecture des maisons, les routes elles-mêmes, tout était un sujet de stupéfaction pour lui. Il n'était toutefois pas là pour un voyage touristique, ce que son GPS lui rappela lorsqu'il lui annonça qu'il était arrivé à destination. Il stoppa alors devant une villa à la façade claire et aux volets bleus. Elle était entourée d'un muret en pierre, doublé par une haie coupée avec une rectitude militaire. Les Français semblaient vouer une passion aux haies et aux clôtures en tous genres. Bizarre. Il ne s'interrogea cependant pas plus sur ces divergences culturelles. Il sortit de la voiture et s'avança sans hésiter vers le portail en bois massif. Il chercha une sonnette, la trouva et sans même se préoccuper de l'heure qu'il pouvait être, il appuya sur le bouton, avec une fermeté presque rageuse.

Qu'est-ce qui allait sortir par cette porte ? Son cœur battait à tout rompre. Il aurait presque préféré se trouver sous un tir ennemi : au moins c'était une situation qu'il maîtrisait un tant soit peu !

Au bout de quelques minutes, alors qu'il désespérait presque que quelqu'un vienne, il entendit une porte s'ouvrir, tandis que des pas claquaient sur les pavés d'une allée. Une clef tourna et le portail s'ouvrit. Il se retrouva soudain face à face avec une toute jeune fille aux cheveux miel et aux yeux sombres. Elle parut tout aussi étonnée que lui. Puis, soudain une lueur de compréhension illumina son visage. Dans un anglais laborieux, elle murmura :

— Vous êtes Clint ?

Il hocha la tête :

— Oui, je veux voir Eléora.

— Je suis sa petite sœur, Axelle. Peut-être vous a-t-elle parlé de moi. Bref, voir Eléora ça va être compliqué...

— J'ai roulé toute la nuit, je dois la voir ! gronda-t-il, serrant les poings et les mâchoires sur une colère qui ne demandait qu'à jaillir.

— Elle va me tuer... Bon d'accord. Écoutez, elle n'habite pas ici...

Elle fouilla dans l'une des poches de sa veste en polaire toute boulochée, en sortit un reste de crayon et un vague bout de papier. Un vieux ticket de caisse semblait-il, sur lequel elle nota une adresse d'une écriture ronde et appliquée. Elle le lui fourra dans la main avec une sorte d'urgence et d'inquiétude, qu'il ne comprit pas.

— Vous la trouverez là-bas. Ne la jugez pas, elle ne le mérite pas... Et aussi ne lui dites pas que c'est moi qui vous ai donné l'adresse.

Depuis la maison, la voix d'une femme cria quelque chose dont il ne pouvait déchiffrer le sens. La jeune fille répondit vivement, tout en le repoussant d'un :

— Allez-y !

Elle referma le portail d'un mouvement sec, le laissant interloqué.

Il jeta un coup d'œil au papier, soupira, puis se dirigea vers la Mercedes. Il rentra la nouvelle destination dans le GPS, qui annonça aussitôt un trajet d'une demi-heure. Il démarra, préoccupé et pour le coup tout à fait perdu. Eléora lui avait maintes fois parlé de sa sœur et elle l'avait décrite avec minutie : il avait parfaitement pu la reconnaître. Tout n'était pas que mensonges ? Un peu d'espoir commença à renaître dans son esprit, tandis que son cœur battait à grands coups sans doute un peu trop optimiste. Il roula vite, nerveusement, ne respectant plus les limitations de vitesse soudain trop strictes à son goût. Il arriva bientôt en vue de nombreux bâtiments, austères et tristes, où seuls quelques arbres, dont un somptueux mélèze, plantés dans un square, apportaient un peu de vie. Un panneau à l'entrée d'un vaste parking annonçait : « centre de rééducation fonctionnelle ». Il ignorait l'exactitude de ce que cela voulait dire, cependant, il aurait reconnu les structures d'un hôpital n'importe où.

Il trouva une place, y planta la voiture, sans plus y accorder d'importance. Pris d'une angoisse qui lui étreignait la gorge, il ne savait que penser ou ressentir. Qu'est-ce qu'Eléora faisait dans un hôpital ?

Chapitre 18

En quelques foulées il traversa le parking, poussant la porte vitrée de l'accueil. Une jeune métisse, assise derrière le guichet, répondait au téléphone, elle le considéra avec une stupéfaction qui aurait été risible en une tout autre occasion. Il est vrai que son treillis et ses rangers étaient un peu décalés en un tel lieu. Sans hésiter, il se précipita vers elle, lui intimant de lui dire où se trouvait Eléora. Elle fronça les sourcils face à cette invasion américaine, lui demanda qui il était, ce qui était une conversation un peu inutile au vu de son incompréhension du français ! Il répéta d'un ton un peu plus rauque, qu'il venait voir Eléora. L'hôtesse haussa alors une épaule désabusée. Après tout, ce n'était pas à elle de faire la sécurité ici. Elle lui indiqua alors un numéro d'étage et de salle d'un air morne, ravie de se débarrasser de lui à si bon compte.

Il spamma le bouton d'appel d'un ascenseur, sauta à l'intérieur à peine les portes ouvertes, de plus en plus terrifié par la vérité qui allait lui éclater au visage. Les odeurs de détergent l'agressaient, le ramenant à ses propres expériences de peurs et de souffrances. Il tenta de garder le contrôle et sur ses émotions et sur son esprit, ce qui était de plus en plus compliqué au fur et à mesure que les secondes s'écoulaient. L'ascenseur s'arrêta enfin à l'étage voulu, dans un soupir fatigué et grincheux.

Il s'élança dans le couloir aux murs jaunes et au linoleum terne, bousculant presque quelques infirmières qui déambulaient afin d'apporter aux patients les premiers soins matinaux.

Enfin, il fut devant une porte à double battant. Le cœur pétrifié, ne pouvant plus ni penser ni même respirer. Il la poussa avec une fermeté due à sa seule volonté, conjuguée avec son entraînement : ne jamais reculer devant la peur.

Des gens de tous âges étaient là, faisant et refaisant inlassablement des exercices sur des machines. À les voir on aurait facilement pu prendre cette salle pour une simple salle d'entraînement ; à y regarder de plus près on notait les particularités des appareillages, la présence de personnels en blouse blanche qui avaient peu en commun avec des coachs de musculation... Avec un frisson d'effroi, il reconnut une salle de rééducation à la motricité. Il avait passé assez de temps dans ce même type de lieu pour le reconnaître dans la seconde. Ses propres peurs, mêlées à l'angoisse de comprendre pourquoi Eléora était là, créaient en lui une panique jusque-là inconnue. Il fit quelques pas, restant planté au beau milieu, aussi grand, lourd et déplacé qu'un séquoia dans une pelouse. Les patients commencèrent à murmurer. Un homme, infirmier ou kinésithérapeute l'aperçut aussi, le contraire eut été impossible. Il s'avança vers lui, les sourcils froncés, l'air peu engageant.

Clint ne lui prêta cependant aucune attention, le regard rivé sur le fond de la vaste pièce, il ne voyait plus qu'elle. Elle était là, progressant entre deux barres parallèles, concentrée sur une marche lente et laborieuse. Ses cheveux mi-châtain mi-parme, ramenés en une vague queue de cheval, se balançaient au gré de ses pas. De temps à autre, une mèche venait effleurer son visage have, aux traits tirés et fatigués. Elle portait un top blanc proclamant « I'm not a Princess, I'm a Warrior » qui résumait d'une part, assez bien sa volonté, tout en dévoilant des épaules trop maigres, trop pointues. Alors elle releva la tête. Soudain, le temps s'arrêta. Son regard printanier croisa le sien, brun et hagard. Toute une palette d'émotions le traversa en une fraction de seconde : stupeur, joie, terreur. Il la vit trembler sur ses appuis tandis qu'elle ouvrait la bouche sur un cri inaudible. Elle vacilla, tenta en vain de se rattraper à l'une des barres. Il ne sut jamais comment il fit, l'instant d'avant il était pétrifié au milieu de la salle et le suivant il la tenait entre ses bras, l'ayant cueillie au vol et empêchant sa chute. Il sentait son cœur battre au même rythme fou que le sien, tandis qu'il serrait son corps fragile contre lui. Elle était si petite, si frêle qu'il aurait pu la briser d'une seule main. Alors qu'il ne souhaitait que la garder à jamais dans ses bras, elle le repoussa, chancelante et blême.

— Qu'est-ce que tu fais là ?

Sa voix n'était qu'un murmure mouillé de larmes.

Elle serait tombée s'il ne l'avait retenue d'une main, alors même qu'elle essayait de s'éloigner de lui.

— Je suis venu voir ce que tu me cachais.

— Et maintenant tu as vu ? Tu es satisfait ? siffla-t-elle avec une colère désespérée.

Doucement il releva l'une de ses mèches bicolores, effleurant son visage avec une délicatesse qui la fit frémir. Rien en lui n'aurait pu faire croire qu'il soit capable d'autant de tendresse.

— Oui, je suis si heureux de te voir…

Elle ferma les yeux, comme si elle luttait à la fois contre elle-même et contre lui aussi.

— Je t'en prie Clint ! Regarde ! Regarde ce que je suis !

— Je te vois oui, je ne vois que toi… Tu es magnifique… Je t'aime Eléora.

Elle gémit, alors que des larmes trop retenues, dévalaient le long de ses joues creuses. D'une voix livide elle lâcha :

— Ouvre les yeux ! Je suis handicapée Clint ! Je n'ai plus qu'une seule jambe, c'est ça ce que tu veux comme girlfriend, une fille unijambiste ?

— Je te veux toi, peu importe le nombre de bras ou de jambes que tu as ! Je ne t'aime pas parce que tu as deux jambes ou deux bras… Qu'est-ce que tu crois. Je t'aime pour ce que tu es, toi.

Il se pencha vers elle, effleurant presque son visage du sien, si proche qu'il pouvait sentir son souffle. D'un ton plus bas, soudain presque joyeux il ajouta :

— Et puis à tous les deux nous formons un tripode, quel meilleur chiffre que le trois ? le chiffre de la trinité, de la troisième voie prônée par les philosophes taoïstes !

Elle ne savait plus où elle en était. La tête lui tournait, sa jambe lui faisait mal et son cœur… Ô son cœur martelait si fort dans sa poitrine qu'elle était à deux doigts d'un AVC. Passant un bras autour de sa taille, si mince, trop mince, il la soutint dans un mouvement naturel comme une évidence.

Épuisée elle se retint à lui avec une sorte de soulagement, tandis qu'il disait :

— Nous devons parler my sweetheart... Mais pas ici.

Elle hocha la tête, saisit une veste, l'enfila avec une certaine maladresse, puis attrapant une paire de béquilles elle clopina avec sa prothése vers la porte. Depuis deux bonnes minutes toute activité avait cessé et tous les dévisageaient avec attendrissement. Tous sauf l'homme en blouse blanche qui s'avança au-devant d'elle.

— Eléora, que crois-tu faire ?

— Excusez-moi, mais c'est une urgence.

Le kinésithérapeute détailla l'Américain d'un bref coup d'œil, avant de lâcher :

— Je ne pense pas que ceci soit une réelle urgence. Ta rééducation l'est, en revanche !

Elle s'apprêtait à répliquer, mais Clint la devança. D'une voix grondante, qui faisait plier la plus récalcitrante de ses recrues, il rétorqua tout en lui retournant un regard dur :

— Permettez monsieur, l'émotionnel aussi est une urgence...

Puis il entraîna la jeune fille, sans plus se préoccuper d'autre chose, que d'essayer de l'aider, laissant le kiné interloqué. Il ouvrit la porte devant elle et sans un mot ils se dirigèrent vers l'ascenseur. À l'intérieur, elle pressa le bouton d'un numéro d'étage et salua une infirmière, tout cela avec un naturel qui attestait d'une longue habitude. Trop longue sans doute. Le cœur du soldat lui fit mal, encore un peu plus. Il la serra contre lui, sans pouvoir s'en empêcher, contemplant la délicatesse de sa nuque, le modelé tendre de son visage pour l'heure pâle et épuisé. Sans plus résister, elle s'appuya contre lui, par nécessité et il l'espéra, par envie aussi. L'ascenseur cahota d'étage en étage, poussif et grinçant. Elle se retint à sa vareuse de treillis alors qu'un hoquet de l'engin menaça un peu plus son équilibre précaire. Il resserra son bras autour de sa taille, sans un mot, alors que leurs cœurs, dans une folie synchrone, battaient éperdument.

Un médecin, affairé, entra en coup de vent, il salua Eléora, jetant un coup d'œil stupéfait au colossal sergent.

— Bonjour Eléora, tu n'es pas en rééducation ?

— Bonjour docteur Blanc, euh… Normalement oui mais…

L'orthopédiste retint un sourire devant l'embarras de la jeune fille.

— Tu as un empêchement, c'est ça ?

Elle rougit un peu, gênée, confuse et heureuse aussi tout à la fois. Elle hocha la tête, faisant voler ses mèches panachées :

— Oui c'est un peu ça…

Il approuva d'un clin d'œil complice, avant de s'élancer hors de l'ascenseur sitôt les portes entrebâillées. Il se retourna néanmoins en disant :

— Ne néglige pas tes soins pour autant jeune fille.

— Ne vous inquiétez pas docteur.

— Très bien…

Puis il laissa les portes se refermer, non sans lancer un coup d'œil au grand Américain. L'ascenseur brinquebala un étage plus bas, stoppant dans un soupir fatigué et un ultime tressautement. Maniant ses cannes anglaises avec une dextérité dénotant une bien longue habitude, Eléora se glissa dans le couloir, ne s'appuyant que partiellement sur sa jambe artificielle. Clint la suivit, sans un mot. Pour l'avoir pratiqué il savait combien l'exercice était fatiguant ; il conçut pour elle à la fois un peu plus d'admiration et de ressentiment. Pourquoi ne rien lui avoir dit ? Il aurait compris !

Sans un mot, ils entrèrent dans une vaste salle où quelques personnes attablées prenaient des petits-déjeuners comme l'heure l'imposait. C'était une sorte de restaurant où familles, patients et personnel hospitalier pouvaient venir souffler autour d'un café ou d'un plat chaud. Un lieu de vie, même si le décor des tables en plastique n'était pas des plus attrayant. C'était néanmoins un endroit chaleureux, en partie grâce aux belles fenêtres qui laissaient entrer une agréable luminosité lorsque le temps le permettait. Ce matin-là, le soleil tentait de percer un ciel nuageux, alors qu'un ou deux rayons pâles venaient frapper le linoleum fatigué. Eléora claudiqua vaillamment jusqu'à une table placée sous l'une des fenêtres, son coin favori. Elle tira une chaise, s'y laissa tomber tout en appuyant ses béquilles sur le dossier d'une autre. Ses gestes étaient naturels, trop, bien sûr.

Clint prit place face à elle, alors qu'un serveur venait leur demander ce qu'ils souhaitaient. Après avoir chacun commandé un café noir, un silence s'installa. Elle rectifia sa queue de cheval alors qu'il la regardait sans savoir par où commencer. Il la trouvait belle, avec cette fragilité, ces imperfections qui la rendaient plus touchante, plus accessible aussi, que la jeune fille qu'elle proclamait être sur sa photo de profil. Une fois leurs cafés posés devant eux, il lâcha d'un ton qu'il s'efforça d'adoucir :

— Pourquoi ne m'as-tu rien dit ?

Elle releva la tête, le fixant de son regard ni bleu ni mauve, juste à mi-chemin des deux. Les plus beaux yeux qu'il ait jamais vus.

— Te dire quoi ? Que la fille sur laquelle tu avais flashé n'existait plus ?

— Je n'ai pas flashé sur une photo, je suis tombé amoureux de toi… C'est différent ! Donc oui tu aurais dû me le dire.

— Ah oui et t'envoyer des selfies pris en salle de rééduc'… Tu serais parti en courant !

Il se noya une seconde dans son regard de printemps, lisant toute sa souffrance tout autant physique que mentale, liée à un désarroi palpable ainsi qu'une volonté indubitable.

— J'ai été blessé il y a quelques mois. Je sais ce que c'est que d'avoir peur, de se sentir inutile et si diminué qu'on ne puisse même pas aller pisser tout seul… Donc, non je ne serais pas parti. En aucun cas.

Elle but une gorgée de café, tout en haussant une épaule.

— Beaucoup de gens m'ont laissé tomber tu sais et... Je n'avais peut-être pas envie ni de prendre ce risque ni que tu me regardes autrement. Enfin regarder n'est pas le bon mot.

Elle ponctua sa phrase d'un petit rire clair, qui ne fut pas sans rappeler celle qu'elle était quelques mois auparavant. Elle poursuivit à mi-voix :

— Tu étais le seul à me voir, à me considérer comme celle que j'étais avant. C'était bon de ne pas être juste une handicapée et que quelqu'un ne me parle pas avec de la pitié dans la voix ou du dégoût dans les yeux. Non, pour toi j'étais une fille normale, désirable. Et je voulais rester comme ça à tes yeux.

Elle releva la tête, le fixant avec désespoir.

— Ils ont dû couper mes cheveux, un vrai massacre... Tu vois à présent de quoi j'ai l'air ? J'ai perdu beaucoup de poids, on croirait que je suis prête à tourner dans « La liste de Schindler », on ne dirait même pas que dans quelques semaines je vais avoir vingt et un ans, mais que j'en ai douze... Comment pouvais-je te dire ça... Te montrer ça.

Soudain, il se leva, fit le tour de la table, repoussa la chaise et s'installa à côté d'elle. Sans la quitter des yeux il redessina son visage de ses doigts, trop rudes, trop accoutumés à manier des armes, avant de l'attirer contre lui avec une tendresse en inadéquation avec tout ce qu'il semblait ou paraissait être.

— Oui, tu es maigre comme un chat écorché, tes cheveux sont bizarres, mais quelle importance... Une fois guérie tu retrouveras la forme, tes cheveux vont repousser, parce que tu es vivante et qu'à partir de là rien n'est irrémédiable.

Il resserra son étreinte, elle se lova un peu plus contre lui dans une sorte de soupir de soulagement provenant de tout son être, de tout son corps. Il enfouit son visage dans son cou, respirant l'arôme doux et piquant de sa nuque, résistant à son envie poignante de l'embrasser et de ne plus jamais ouvrir ses bras. Au lieu de cela, il murmura :

— Je t'aime Eléora, peu importe comment tu es... Je t'aime et je serai là pour toi aussi longtemps que tu l'accepteras.

Sans plus résister, il embrassa la soie tendre de sa nuque, laissant errer ses lèvres avec une gourmandise qui le faisait trembler. Alors elle leva la tête vers lui. Avec un sourire qui laissait transparaître toute son émotion, elle se redressa. Avec une lenteur calculée elle approcha son visage du sien, sa bouche de la sienne. Dans un temps tout aussi ralenti elle effleura ses lèvres et enfin, ils furent réunis dans un même souffle.

Elle percevait les battements sourds de son cœur faisant écho au sien, tandis que le monde disparaissait, que rien n'existait plus que ses bras qui la tenaient si fort qu'elle ne risquait plus rien. Lorsqu'ils reprirent haleine, il la serra un peu plus, tout en éclatant d'un rire sourd, le faisant paraitre plus jeune ou du moins lui redonnant son âge.

— Et ben ça c'est un french kiss !

Elle lui retourna un coup d'œil amusé, se retenant de rire elle aussi.

— Comment veux-tu que je t'embrasse... Je suis Française !

Chapitre 19

Elle aima son rire, sa spontanéité qui tout à coup montrait une tout autre facette que celle limitée à son treillis. Lui posant un rapide baiser sur les lèvres, il la repoussa afin de se lever, tout en disant du ton de l'évidence :

— My sweetheart nous n'allons pas passer les quarante-huit prochaines heures ici. Allez, je t'enlève.

Elle le dévisagea avec une lueur d'étonnement, en rassemblant ses béquilles :

— Comment ça ?

D'une main ferme, il l'aida à se mettre debout, en lâchant dans un sourire un goguenard :

— Très facilement…

Elle posa sa main sur son bras, si musculeux qu'il tendait la manche de sa veste camouflée :

— Je ne sors pas Clint ! C'est impossible !

— OK, impossible du genre j'ai des traitements médicaux lourds, ou impossible comme je n'assume pas d'être ce que je suis ?

Elle le considéra les yeux agrandis de stupéfaction : comment un simple sergent pouvait avoir une aussi fine perception ? Interloquée, elle ne put que bredouiller quelques sons inarticulés, qu'il interpréta avec une aisance qui la déstabilisa un peu plus :

— D'accord c'est la deuxième option, donc on va dans ta chambre tu récupères deux ou trois affaires et on file d'ici.

— Clint… fit-elle d'un ton presque suppliant, ses yeux soudain emplis de terreur à l'idée d'affronter le regard des autres. Il engloba son visage trop mince, aux traits tirés, de ses mains qui semblaient encore plus larges et rudes par comparaison.

— Ne t'en fais pas, tout ira bien.

Il ressentait presque physiquement sa peur, ce qui était une raison de plus pour l'emmener hors de ces quatre murs. Dieu sait depuis combien de temps elle y était enfermée… Il l'embrassa fugitivement, avant de glisser à son oreille :

— Que tu le veuilles ou pas, je te sors d'ici, donc soit tu marches soit je te porte, aucune des deux solutions n'est un problème.

Elle soutint son regard, fronça les sourcils, lisant tout le sérieux de ce qu'il affirmait. Elle soupira à la fois agacée, inquiète et quelque part heureuse de cette prise d'autorité. Elle le poussa du bout de sa béquille, redressa la tête dans un mouvement involontairement gracieux et claudiqua vers les ascenseurs. Elle se retourna une seconde, pour lui lancer un : « Alors tu viens, ou pas ? » qu'elle s'efforça de rendre railleur, alors que son cœur battait à grands coups terrifiés. Que s'apprêtait-elle à faire ?

À nouveau dans l'ascenseur cahotant, il passa un bras autour de ses épaules trop frêles, l'attirant contre lui.

— Je sais ce que tu redoutes… N'aie pas peur. Tout se passera bien.

Elle se lova contre lui, fermant les yeux, essayant de maitriser les vagues de terreur qui menaçaient de la dévorer. Peut-être percevait-il une partie de son angoisse, mais en aucun cas il ne pouvait en saisir l'ampleur. Oui elle avait peur d'affronter le monde extérieur, évidemment ; elle avait tout aussi peur de s'en remettre à lui. Après tout que connaissait-elle hors ce qu'il avait bien voulu lui dire ? N'importe qui avec deux doigts de bon sens aurait hurlé que faire confiance à un inconnu, dans son état qui plus est, était la pire des stupidités… Oui et il aurait eu raison. Hélas, pour l'instant toute raison l'avait désertée. Elle n'était plus qu'émotions et ressentis. Alors quoi qu'il pût se passer elle le suivrait, où que ce soit et advienne que pourra. C'était sans doute une erreur, tant pis, dans ce cas elle s'y jetait tête la première et le sourire aux lèvres, sans regret.

Une fois parvenus à son étage, elle boitilla jusque devant une porte, semblable à toutes les autres du couloir. Elle était peinte dans un bleu délavé, et suffisamment large afin de faire passer un lit médicalisé.

Dans un geste issu d'une longue habitude, elle la poussa d'un coup de hanche précis, ce qui lui permit d'entrer sans presque s'arrêter. La pièce était grande, monacale. Si ce n'était les piles de livres qui l'encombraient, elle aurait pu être occupée par n'importe qui. Clint y sentit à la fois une part de ce qu'était la jeune Française mêlée à la présence invasive de l'hôpital. Des chambres comme celle-ci il en avait trop connues, trop visitées pour lui ou pour ses camarades, pour s'y sentir à l'aise. Après un coup d'œil circonspect, il avisa un ordinateur portable posé sur une table poussée sous la fenêtre. Il lança à Eléora :

— Je peux l'utiliser ?

— Euh… Oui bien sûr. Attends.

Elle s'approcha, appuya ses cannes contre le bureau, tout en mettant le PC en marche. Ensuite elle entra son mot de passe. Tandis que l'appareil démarrait, Clint, avec une nonchalance un peu trop ironique, décolla le sparadrap encore collé sur la caméra. Il lui scotcha sur la joue, en remarquant :

— C'est sûr qu'avec ça, tout de suite la caméra fonctionne moins bien !

Elle rougit jusqu'à la racine des cheveux, puis encore plus lorsque son fond d'écran s'afficha : l'une des dernières photos que Clint lui avait envoyées, s'étalait sur tout l'écran. Il en fut à la fois surpris et bouleversé. Il ne le lui montra cependant pas, préférant lui lancer un sourire accompagné d'un coup d'œil encore un peu plus narquois. Elle s'empourpra, arracha le sparadrap d'un geste sec, contrarié, en fit une boulette qu'elle jeta sur la table, tout en disant avec le peu d'assurance qu'elle trouva :

— Voilà tu peux t'en servir si tu veux, néanmoins évite de fouiller dans mes dossiers…

— Des secrets ? Génial !

Elle récupéra ses béquilles, lui tournant ostensiblement le dos. Qu'il fasse ce qu'il veuille, elle n'allait pas entrer dans son jeu ! Sans davantage se préoccuper d'elle, il prit place devant l'ordinateur, et commença à pianoter sur le clavier. Il laissa échapper quelques jurons en voyant le clavier « AZERTY » puis sembla s'adapter. Elle se retint de rire, lui jeta un coup d'œil à la dérobée, le trouva non pas beau, mais exceptionnel ce qui semblait nettement mieux. Son cœur rata une dizaine de battements, il parut même couler jusque dans ses chaussettes. Enfin elle s'obligea à ouvrir la porte de la penderie qui occupait le pan de cloison séparant la chambre de la minuscule salle d'eau. Elle attrapa un sac de sport, y fourra quelques vêtements qu'elle saisit presque au hasard parmi les rares qu'elle avait. Sa mère se faisait un devoir de lui amener presque chaque jour des habits propres. Elle n'en avait donc quasiment pas d'avance. Elle soupira : pourquoi tout, mais absolument tout devait être une source de difficultés ? Elle agrippa le sac à moitié vide, passant dans la salle de bain. Elle ôta sa tenue de sport et prit quelques minutes afin de s'offrir une douche. Son sex-appeal n'était déjà pas au plus haut, autant ne pas l'aggraver en sentant la transpiration !

Elle remit sa prothèse en grimaçant, avant d'enfiler un jean noir et une chemise à carreaux dans les tons prunes : les tons chauds avaient toujours su mettre son teint en valeur, elle espéra que ce fut encore le cas ! Elle se regarda dans le petit miroir surplombant le lavabo, le résultat n'était pas terrible. Elle flottait dans son pantalon, et sa chemise semblait posée sur un épouvantail. Enfin, elle ne pouvait rien faire pour ça, son agréable silhouette musclée n'allait pas revenir dans la seconde, donc inutile de pleurnicher !

Tout ce qu'elle pouvait faire c'était... Pas grand-chose hormis se brosser les cheveux et les coiffer aussi bien que leur absence de coupe le lui permettait. Hâtivement, elle fit une tresse sur le côté ce qui avait l'avantage de fondre les couleurs opposées de ses mèches. Elle ramassa ses quelques produits d'hygiène, limités à ses seuls shampoings et brosse à dents. Même pas le moindre produit de maquillage afin de faire quelque chose pour son visage blafard. Elle se fixa une seconde encore, se tira la langue tout en lançant dans un chuchotis « tu es pitoyable ma pauvre fille ». Elle fourra bandes, crème hydratante et vaseline, les soins indispensables pour sa jambe, en vrac dans l'une des poches latérales du sac, puis revint dans la chambre.

Au bruit caractéristique de ses pas et du cliquetis des béquilles, Clint se tourna vers elle tout en éteignant l'ordinateur portable. Il la contempla un instant, un sourire éclairant soudain ses traits trop durs, trop marqués pour son âge. Il se leva, s'avança vers elle, lui prit le sac d'une main, tout en entourant sa taille d'une autre.

— Tu es magnifique…

Puis il l'embrassa avec une passion qui ne laissait aucun doute sur ses sentiments. Sans même réfléchir, guidée par ses seules émotions, elle répondit à son baiser avec un entrain qui fit bondir son cœur. Soudain, comme se rappelant où ils étaient, quelle était la situation et surtout ce qu'elle était, surtout ça ; elle le repoussa avec douceur, mais fermeté.

— Quoi ? fit-il à mi-voix, sans néanmoins ouvrir ses bras et la laisser s'échapper.

Elle se tortilla, en vain.

— Qu'est-ce qui ne va pas Eléora ?

Cette manière à la fois douce et si particulière qu'il avait de prononcer son prénom, la déstabilisa comme à chaque fois. Elle cessa de se débattre, se laissant au contraire aller contre son torse dans un soupir vaincu.

— Tout ça est irréel… C'est un rêve et je vais me réveiller, réalisant que c'est la morphine qui me fait délirer. Parce que jamais un mec comme toi ne craquerait pour une fille, non pour une handicapée comme moi ! Dans quel monde voit-on ça ? Dans un téléfilm qu'on passe à Noël, c'est tout…

Il resserra ses bras autour d'elle, sentant son corps mince et tiède frémir sous ses mains. Ce seul contact le rendait totalement vulnérable, et tout à fait démuni. Il percevait son désarroi, il en saisissait le pourquoi, alors comment lui faire comprendre ce que lui-même ressentait ?

— Tu es celle que j'ai attendue toute ma vie, alors oui tu es un peu cabossée, je le suis aussi et cela ne te rend que plus incroyable. Tu as passé tant d'épreuves, tu as survécu, tu es une guerrière, une survivante et j'aime ça.

Elle releva la tête avec stupeur, croisa son regard brun y lisant la confirmation de ses paroles. Elle ouvrit la bouche pour argumenter. Toutefois, il la fit taire d'un baiser, avant d'affirmer :

— Allez viens, ne traînons pas ici, allons respirer un air plus léger.

Chapitre 20

Quelques minutes plus tard, ils se retrouvaient dans le hall d'accueil, vide pour une fois. La jeune réceptionniste répondait au téléphone lorsqu'elle les vit arriver. Il se pencha vers Eléora, lui glissant dans un murmure qu'il allait chercher la voiture. Il poussa la porte vitrée, sortant dans une journée hivernale, qui hésitait entre neige et soleil. Pour l'instant seule une brume incertaine planait au-dessus du parking. Elle le suivit du regard, sans pouvoir s'en empêcher.

Elle sursauta presque lorsqu'elle entendit la secrétaire l'interpeller.

— Eh Leo !

Elle revint à une certaine réalité, renvoyant un sourire un peu trop large et béat à la jeune femme.

— Salut Sally… Pourrais-tu me filer une décharge de sortie s'il te plaît ?

Cette dernière écarquilla ses immenses yeux noirs, manquant s'étouffer de surprise :

— De quoi ? Tu as eu l'accord du personnel soignant ?

— Sally, s'il te plaît… supplia la jeune fille.

Tout à coup, la jeune Antillaise laissa tomber son masque professionnel. Elle haussa une épaule dans un sourire éclatant, qui ne pouvait que rappeler la chaleur lointaine de Marie Galante, son île natale. Elle ouvrit un tiroir, en tira un formulaire et le posa devant la jeune fille.

— Tu as raison ! Signe ça, je le remplirai pour toi. T'en fais pas et profite… Donne-moi juste ton secret : comment tu as fait pour pécho un gars comme ce type, du fond de ta chambre d'hôpital ?

Eléora rougit, puis éclata de rire.

— Plus facilement que tu ne le crois : avec la littérature !

— Sans déconner ! J'aurais pas crû que bouquiner soit un truc sexy. Je m'y mets dès ce soir.

La jolie brune rajouta alors, d'un ton plus bas, presque confidentiel :

— Tu ne veux pas un peu de fond de teint et de rimmel, parce que la Fête des Morts est passée depuis longtemps et ton style livide plus les cernes bleuâtres ce n'est pas ce qui se fait de mieux.

Sans même qu'Eléora puisse approuver ou pas, Sally avait attrapé quelques pots et fioles dans son sac, et contourné le bureau. En quelques coups de pinceaux, de poudre et de crayons, à croire qu'elle avait raté une vocation d'esthéticienne, elle avait camouflé les traits fatigués et mis en valeur l'impressionnant regard printanier de la jeune fille. Elle finissait d'appliquer un brin de rimmel sombre sur ses cils, lorsqu'une voiture gris métallisé stationna devant l'entrée, malgré les interdictions.

Elle jeta un coup d'œil à l'extérieur, reporta son attention sur la jeune fille, faisant une moue approbatrice.

— C'est bon ma belle, tu peux partir !

Laissant le moteur tourner au ralenti, il ouvrit la portière de la voiture aidant la jeune fille à s'installer sur le siège passager. Il la débarrassa de ses béquilles qu'il rangea dans le coffre. Elle prit une longue inspiration, puis boucla sa ceinture dans un clip. Dans le hall, Sally lui fit un signe d'au revoir discret et complice, auquel elle répondit d'un sourire tremblant.

Chapitre 21

Le moteur du coupé sport feula, l'emportant sans qu'elle ne puisse plus revenir en arrière. Le cœur battant, glacée, impatiente et terrifiée tout à la fois elle fixa la route, émerveillée soudain de voir autre chose que les murs jaunis de l'hôpital. Comme un prisonnier trop longtemps incarcéré, elle fixait les passants, admirait les façades de la ville, notait les différences survenues depuis qu'elle était restée enfermée. Tout était sujet à stupeur. Elle poussait de temps à autre un petit cri effaré.

— Oh, regarde ils ont repeint la façade de ce bâtiment ! Tiens y a un rond-point ici ?

Clint lui jetait de brefs coups d'œil, retenant un sourire. Il ne voulait pas la heurter, qu'elle pense qu'il la jugeait puérile alors qu'il la trouvait merveilleuse. Plus ils roulaient, plus elle semblait se détendre, oublier les épreuves qu'elle avait passées et redevenir cette jeune fille joyeuse qu'elle devait être il y a peu encore. Excitée comme une puce, elle tripota tous les boutons à sa portée, mit la radio, cherchant un canal susceptible de lui convenir. Il la laissa faire, même si d'ordinaire un tel comportement le hérissait. Aujourd'hui n'était pas un jour ordinaire et Eléora l'était encore moins.

Elle finit par se calmer et par reporter son attention sur le paysage.

— On est sur l'autoroute d'Issoire ? Où va-t-on ? s'exclama-t-elle avec surprise.

— Je t'emmène dans un gîte de montagne, enfin, ce qu'ici ils appellent « montagne ». Cependant, je ne me hasarderai pas à prononcer le nom du lieu-dit.

— Ah ah, bien sûr le Massif Central n'est pas les Appalaches, quoique tu verras, tu seras surpris.

Il lui retourna un demi sourire assorti d'un clin d'œil :

— Je suis déjà surpris…

Elle rougit imperceptiblement, haussa une épaule tout en lâchant :

— Je te parle du paysage !

Son sourire s'accentua, se reflétant dans son regard :

— Moi aussi.

Elle se troubla, bougonna, préférant tourner son attention vers la fenêtre. Cela faisait sans doute bien trop longtemps qu'elle n'avait plus eu d'attention masculine. Elle se sentit ridicule, maladroite, aussi peu sûre d'elle-même que si elle avait encore quinze ans. Sans doute qu'elle devrait, tout comme pour la marche, passer par une période de réapprentissage. L'image de Noah flotta un instant devant ses yeux, elle la repoussa, se concentrant sur le panorama de carte postale, qui se déroulait au fur et à mesure de l'avancée de la luxueuse voiture. La neige commençait à recouvrir les talus, parsemant les arbres, poudrant les toitures des maisons d'une mince couche givrée, promesse tenue de la saison hivernale. Bientôt ils dépassèrent Issoire. Quittant l'autoroute, ils grimpaient à présent au long de routes partiellement déneigées, toujours plus loin dans les montagnes, qui à mesure de l'ascension devenaient de plus en plus blanches.

Malgré la chaussée glissante, il conduisait d'une main sûre, sans doute accoutumé à bien d'autres rigueurs climatiques. Il lui jeta quelques coups d'œil, avant de lui demander :

— Ça va ? Tu n'as pas peur…

Sa voix laissait transparaître une forme d'inquiétude qui la toucha. Elle se tourna vers lui, vive, enjouée, posant une main rassurante sur son bras tout en s'exclamant :

— Ne t'en fais pas, tout va bien. Non je n'ai pas peur avec toi, bien sûr que non !

Elle hésita, avant de rajouter :

— Ce qui est arrivé il y a quelques mois, n'avait rien à voir avec ce qui se passe aujourd'hui, donc ne t'en fais pas pour ça, d'accord ? Raconte-moi plutôt comment tu fais pour avoir une telle bagnole !

Il hocha la tête, soulagé que cette virée en voiture ne lui remémore pas quelques traumatismes. Sur le coup, il n'avait pensé qu'à la sortir de cette atmosphère mortifère du milieu hospitalier, sans penser que le simple fait de monter dans un véhicule pouvait la ramener des mois en arrière et la terroriser. Accentuant la pression de sa main, si petite sur son bras, elle insista :

— Alors ? Comment fais-tu pour avoir une Mercedes ?

— Très facilement, je l'ai louée.

Sans plus hésiter il lui raconta tout : sa certitude qu'elle lui cachait quelque chose et que cette histoire n'était qu'une vaste supercherie, son envie de s'offrir une sorte de lot de consolation. Elle pâlit, tandis que ses yeux se noyaient de larmes. Elle s'évertua à ne rien laisser paraître, toutefois elle n'était pas Sarah Bernhardt, loin de là, ses talents d'actrice et de dissimulation pouvaient largement être améliorés ! Son cœur battait à tout rompre. Elle prenait là toute la mesure du désarroi dans lequel elle l'avait plongé. Involontairement, peut-être, pourtant cela n'en n'avait pas moins été cruel pour lui.

Doucement, du plat de sa main, trop large, trop rude, il essuya les larmes qui coulaient sur ses joues pâles et soudain blêmes.

— Ne t'en fais pas ! C'était parfait au contraire : cela m'a assez motivé pour demander une permission à mon chef, louer ce bijou et te rencontrer. Rien à regretter !

Quelques minutes plus tard ils tournaient dans la cour pavée d'une ancienne ferme, dont les murs en granite gris résistaient au froid depuis des siècles. Il gara la voiture devant l'ancienne bâtisse, surpris par l'allure médiévale du lieu. Le Vieux Continent méritait bien son nom, ici tout semblait dater du Moyen Âge et plus encore. Bien sûr ce gîte ne faisait pas exception !

Il retira leurs sacs du coffre, ainsi que les béquilles qu'il tendit à Eléora, l'aidant à s'extirper du siège. Par chance la cour avait été soigneusement débarrassée de la neige, ce qui lui permit de progresser sans risque. Elle se redressa, inspirant profondément l'air froid, sec et coupant. L'hiver… c'était déjà l'hiver, elle ne s'en était même pas rendu compte. Elle se mordilla la lèvre, se retenant d'éclater de rire : elle se sentait tout à coup si bien.

Si… Vivante. Elle avait toujours aimé cette saison, la blancheur des montagnes, la confidentialité tout à coup ouatée de l'atmosphère. Elle serait peut-être restée là, son souffle formant un petit nuage de vapeur autour de son visage, si Clint ne l'avait pas rappelée à l'ordre.

— Tu viens ou tu préfères l'hypothermie ?

Elle l'ignora magistralement, préférant clopiner vers des pelouses pour l'heure recouvertes d'une neige vierge et dense. Attrapant ses béquilles d'une main, elle se pencha, ramassa une poignée de neige qu'elle compacta entre ses doigts, avant de la lancer sur l'Américain avec une précision admirable. Il la reçut dans le dos, se retourna, surpris, réussissant à esquiver une autre boule. Elle s'apprêtait à lui en envoyer encore une, lorsque la porte d'entrée s'ouvrit sur une femme d'une cinquantaine d'années, au sourire lumineux. Elle les accueillit d'un retentissant « Bonjour » qui coupa net l'élan combatif d'Eléora.

Elle ajusta ses béquilles, rejoignant Clint en prenant garde de ne pas glisser sur les pavés disjoints. La propriétaire du gîte se présenta. Elle parlait un anglais châtié et un français au délicieux accent british. Elle remarqua immédiatement les béquilles de la jeune fille, soutenant sa démarche vacillante.

— Oh vous êtes blessée, une entorse au ski ?

Eléora se rembrunit, pourtant avant qu'elle ne puisse répliquer, Clint lui passa un bras autour de la taille l'aidant à grimper les marches du perron, tout en répondant d'un ton abrupt :

— Ça va aller.

Leur hôtesse n'insista pas. Elle les entraîna plutôt vers l'aile de la bâtisse réservée au gîte, leur expliquant que son mari et elle avaient eu un coup de foudre pour la France, bien des années auparavant, et pour l'Auvergne en particulier. Ils avaient donc quitté Londres afin de venir s'installer ici, vivre une vie montagnarde et retirée qui les comblait. Enfin, elle poussa une porte voûtée, leur faisant signe d'entrer. Ils pénétrèrent dans une vaste chambre aux murs en pierre où une porte-fenêtre devait donner sur une terrasse à la belle saison. Pour l'instant, elle offrait un panorama de blancheur duveteuse, en contraste flagrant avec la chaleur douillette de la pièce, réchauffée par un feu de bois qui craquait dans une cheminée d'angle.

— Voilà, je pense que vous serez bien. Si vous avez besoin de quoi que ce soit…

Clint posa les sacs sur une banquette, puis se tourna vers leur hôte :

— Oui, si vous pouviez nous donner l'adresse d'un restaurant pas trop loin.

Elle réfléchit une seconde, avant de proposer avec son accent londonien si caractéristique :

— Si vous voulez je peux vous préparer un brunch, ça vous évitera de sortir, surtout dans votre état miss…

Eléora qui s'était laissé tomber de tout son long sur un lit king size recouvert d'un duvet en plume et cotonnade rouge, se releva l'œil pétillant à l'idée d'un menu peut-être plus intéressant que celui de l'hôpital. Déjà elle s'écriait :

— Oh oui c'est une super idée ! Qu'en penses-tu Clint ?

Il retint un sourire, se contentant de hocher la tête.

— Eh bien, d'ici une heure, ça vous va ?

Ils approuvèrent d'un même mouvement. Elle les laissa, refermant la porte derrière elle afin de gagner sa cuisine le plus vite possible : elle avait une mission d'urgence ! Elle l'avait compris sitôt qu'elle avait aperçu la frêle jeune fille boitiller dans la cour. De plus, l'attention que lui portait son compagnon dénotait une inquiétude mal dissimulée. Allons, c'était à elle de faire en sorte que leur séjour soit le plus agréable possible. Gérer un gîte n'était pas pour elle une simple question financière. Tout au contraire, c'était une manière d'apporter une mince contribution de bonheur dans cet univers. Elle s'y impliquait de toutes ses forces avec zèle et opiniâtreté. Aujourd'hui, elle avait en charge ce drôle de couple, cet Américain en treillis et cette jeune fille diaphane. Elle allait les chouchouter, foi de Granny !

Chapitre 22

Une fois seuls, Eléora dénoua les lacets de ses boots, les envoyant bouler d'une simple rotation de la cheville. Elle roula ensuite sur la couette dans un frissonnement de chat satisfait. Il la contempla une seconde. Sans plus résister il la rejoignit, l'écrasant presque sous sa masse. Il lui prit la bouche dans un baiser qui les électrisa, ne cherchant même pas à résister au désir qui le tenaillait depuis des semaines. Dans un gémissement impatient, elle commença à déboutonner sa veste de treillis, alors qu'il lui ôtait son pull. Ils étaient fous, et soudain, plus rien n'avait d'importance que la découverte de l'autre. Il était là, déjà torse nu, en appui sur ses avant-bras, ce qui faisait saillir ses muscles lourds et puissants. Il aventura l'une de ses mains vers son jeans, mais elle lui bloqua le poignet, tout à coup effrayée et comme dégrisée.

— Clint... Tu es sûr que c'est ce que tu veux ?

Il plongea son regard dans le sien, s'y noya une seconde avant de murmurer :

— Je t'aime Eléora, j'aime aussi les coups et les bosses que tu as eues. Ça fait partie de toi.

Elle ne sembla pas convaincue, une larme perla sur ses cils, qu'elle essaya de chasser. Elle balbutia à mi-voix, en hésitant :

— Tu sais, là c'est autre chose que quelques ecchymoses...

— Je le sais, ne t'en fais pas.

Il l'embrassa avec une douceur étonnante, en chuchota :

— Fais-moi confiance, je ne partirai pas en courant.

Elle le dévisagea puis éclata de rire. Elle le poussa, le faisant rouler sur le dos avant de le chevaucher. Elle s'appuya sur ses épaules, dardant sur lui un regard pétillant de malice et de désir. Tout à coup, elle était à nouveau une jeune femme d'une vingtaine d'années. Tout à coup, l'adolescente gauche n'était plus qu'un souvenir, une évanescence… Tout à coup, elle assumait ce qu'elle était, dans toute sa globalité, son désir compris.

— Alors tant pis pour toi !

Un temps hors du temps, un moment en suspens… Essoufflé, fatigué après une nuit presque blanche, il resta là, allongé dans le lit dévasté, tandis qu'elle se lovait dans ses bras, douce, ronronnante. Rassurée, enfin.

Il la serra contre lui d'une main, alors que l'autre redessinait avec tendresse les courbes pour l'instant un peu trop aiguës de la jeune fille.

— Raconte-moi.

Il sentit sa respiration s'accélérer en même temps que son rythme cardiaque s'emballait. Elle joua quelques secondes avec la plaque militaire qu'il portait réglementairement à son cou, avant de lâcher à mi-voix :

— D'accord. Tu dois savoir de toute façon.

Elle respira un grand coup, comme lorsqu'on se lance du plongeoir le plus haut et qu'on ignore comment sera la chute. Il ne la brusqua pas, se contentant d'attendre sans broncher. D'un ton monocorde, presque froid elle se lança :

— C'était début juin. Nous venions de finir nos derniers partiels. Noah ne voulait pas sortir, encore une fois il préférait rester à jouer devant son PC. Il y avait pourtant cette fête, alors j'ai fini par le convaincre. Je n'aime pas trop sortir, mais là c'était une soirée un peu exceptionnelle. Pour me faire plaisir, il a laissé son jeu et nous y sommes allés. Ensuite, nous avons tous fini en boite. C'était chouette. On était bien. On a ri, bu, dansé. On a pas mal bu, c'est vrai. Puis on est rentré. C'était très tard ou très tôt. Il tombait une pluie fine. Noah conduisait sa moto et moi j'étais derrière. C'était un excellent motard, j'ignore ce qui s'est passé. Il a, je crois, voulu doubler une voiture. La moto a dérapé. Il a été éjecté. Les pompiers ont dit qu'il avait été tué sur le coup en retombant sur l'asphalte. Moi j'ai chuté avec la moto. Ou plutôt lorsque la moto est tombée elle m'a entraînée avec elle, ma jambe droite coincée en-dessous. Nous avons glissé toutes les deux. On a fini par s'arrêter dans la glissière de sécurité. Je ne me souviens pas de grand-chose à vrai dire. Le choc, la douleur, la peur, les lumières des secours. Ce gars, le conducteur de la voiture, qui me tenait la main me disant que tout irait bien, mais il y avait cette odeur insupportable de chair brulée et de sang. Le sang partout, dans ma bouche, dans l'air. Le sang saturait tout.

Elle s'interrompit une longue minute. Il attendit sachant combien c'était difficile pour elle. Il se contenta de la tenir contre lui, dans la chaleur de ses bras qu'il espérait apaisante. Enfin, elle reprit du même ton presque détaché :

— Les toubibs ont tenté de sauver ma jambe par tous les moyens. J'ai eu tellement d'opérations, si tu savais… Puis des infections et à nouveau des opérations. Il y a quelques semaines, ils ont fini par jeter l'éponge. Ils ont abdiqué et décidé l'amputation. C'était un échec pour eux ; mais pour moi… Tu te rends compte ce que c'est pour moi ! Perdre une jambe… Alors voilà, il y a un mois ils m'ont emmenée en salle d'op' et ils m'ont coupé la jambe. Paraît que je dois m'estimer heureuse d'avoir conservé mon genou et que mon moignon cicatrise bien. Tu vois je parviens à plus ou moins marcher avec des béquilles. Après des exercices d'endurance et de renforcement musculaire, je pourrai même courir juste avec une prothèse.

Elle réprima un soupir, lâchant à la place :

— Voilà, tu sais toute ma pathétique histoire.

— C'est tout sauf pathétique, c'est un accident. Tu n'y es pour rien même si tu crois le contraire, même si tu culpabilises. Bien sûr tu te dis que si tu ne l'avais pas forcé ce soir-là il serait encore vivant…

Elle se redressa le regardant avec stupeur : comment pouvait-il savoir ? Personne ne semblait saisir l'intensité de sa douleur, personne sauf lui ? Est-ce possible ?

Il repoussa d'une main une mèche bigarrée, échappée de la tresse d'Eléora, qui retombait sur son visage.

— Je sais ce que c'est que de perdre quelqu'un et de s'en reprocher la mort. Crois-moi je porte ce fardeau jour après jour.

Il vit son visage blêmir, ses lèvres trembler tandis que son regard de printemps se remplissait de larmes. Elle n'avait pas pleuré sur elle-même, toutefois l'idée de ce qu'il endurait était au-dessus de ses forces. Il l'attira contre lui, faisant d'une voix basse et douce :

— Quoi que tu puisses penser, tu n'es pas responsable de ce qui s'est passé. C'est arrivé c'est tout. Les gens meurent et disparaissent de notre vie sans que nous en soyons responsable. Tu es encore en vie, sans doute te le reproches-tu, tout autant que tu lui reproches d'être parti n'est-ce pas ? Tu n'as pas besoin de te torturer. Chacun a un chemin à suivre. En revanche, tu es responsable de la manière dont tu suivras le tien. Tu as survécu à cet accident, ce n'est pas pour rien. Tu dois en faire quelque chose. Quelque chose d'autre que de ruminer sur ton implication réelle ou supposée dans la mort de ton petit ami.

En larmes, elle le repoussa avec une force insoupçonnée vu son gabarit.

— Tu ne comprends pas ! C'est moi qui l'ai obligé à sortir, si je n'avais pas fait ça il serait encore en vie !

Avec une vivacité stupéfiante il se redressa, lui faisant face, les traits figés et le regard soudain dur.

— Mon meilleur ami, Chad, a pris une grenade qui m'était destinée. Nous étions en patrouille, il a vu la grenade, il m'a poussé et il est mort à ma place ; que crois-tu que j'éprouve en ce moment même ? Il a laissé une femme et une petite fille, pour me sauver… Moi !

Elle le dévisagea, à la fois stupéfaite et épouvantée. Elle avait vu ses cicatrices physiques, comment les rater ? Maintenant elle affrontait celles mentales, peut-être plus graves, plus profondes, que celles infligées à sa chair. Elle devint plus pâle encore. La guerre, tout à coup, avait fait irruption dans sa vie. Soudain, elle réalisait que ce qu'il lui était advenu, à elle, à Noah, à leurs familles n'était qu'un épiphénomène au milieu d'une masse d'événements encore plus atroces. Elle tendit une main vers lui, hésitante, en balbutiant :

— Je suis désolée…

Ce qui était tout à fait vrai. Elle se trouva lamentable de ne rien trouver de mieux à dire. À lui dire.

Il prit sa main, enlaçant ses doigts aux siens, l'attirant entre ses bras.

— Tu n'y peux rien. Ce n'est pas toi qui a envoyé cette grenade, ni toi qui a ordonné cette guerre… Chad connaissait les risques, nous les connaissions tous. Ce jour-là, c'est sur lui que le couperet est tombé. J'aurais préféré que ce soit moi qui y reste, qu'il soit là pour sa fille, mais il en a été décidé autrement. Que je le veuille ou pas.

Il enfouit son visage dans son cou, respirant son parfum tiède, unique. Elle se serra contre lui, l'enlaçant sans pouvoir prononcer un seul mot. Elle ne pouvait, de son côté qu'être reconnaissante qu'il soit là, vivant.

Alors dans un souffle, elle chuchota :

I don't want anything more
I'll never ask God anymore
I just want you
Nothing new
Just you and me,
safely.

Elle appuya sur les derniers mots. En cet instant, ils résumaient toutes ses pensées. Oui, elle ne voulait que lui et se sentir en sécurité. Rien de plus.

Chapitre 23

Elle avait imaginé ce moment pendant si long-temps. Elle s'était raccrochée à lui, à cet Américain improbable, à cette idée de le voir un jour. Cette pensée à elle seule lui avait permis d'entrer en salle d'opération. Elle s'était laissé entraîner par l'anesthésie en songeant à lui, à son sourire... Le soir en s'endormant, seule dans son lit d'hôpital, elle pensait à lui. Elle espérait un message, un mot. Lorsque son smartphone bipait, lui annonçant un message, son cœur se décrochait : Était-ce lui ?

Le matin sa première pensée était pour lui. Elle n'avait pas encore ouvert les yeux qu'elle voyait son regard, son sourire, son visage, et rien d'autre ne comptait. Ni la cicatrisation de son moignon, ni les exercices épuisants qu'elle devait s'évertuer à faire et à refaire, inlassablement. Elle ne tenait qu'avec l'idée de le voir... Un jour... De le toucher. D'effleurer sa peau, d'embrasser ses lèvres et de respirer son odeur, nichée dans ses bras. Ce jour était arrivé. Elle ne pouvait tout à fait le croire. Il était là et toutes les questions qu'elle avait pu se poser, s'imaginer, avaient disparu, n'avaient jamais existé.

Après avoir tant rêvé de lui, elle craignait de l'avoir idéalisé : et s'il n'était pas celui qu'elle espé-rait ? Au cours des nombreux échanges et conver-sations qu'ils avaient partagés ces derniers mois, elle avait pensé le cerner, mais s'il jouait un rôle ? Ou s'il ne lui plaisait pas ? Si quelque chose en lui la rebutait ? Un tic, une odeur... S'il n'était pas cet homme éduqué qu'il semblait être, mais un « red-neck » sans culture et manières ?

Mille fois, elle s'était imaginé leur rencontre, le scénario tournait en boucle dans sa tête, la soute-nant les jours les plus noirs. Elle était là, plantée au milieu du hall de l'aéroport d'Aulnat, impatiente et anxieuse tout à la fois. Elle se tenait debout, sans béquille. Ses cheveux étaient à nouveaux longs et parme. Elle portait l'un de ses jeans préférés et nul ne pouvait deviner qu'elle avait une prothèse. Sa démarche se déroulait souple et sans à-coups.

Tout à coup, les portes d'accès à la sortie libéraient un flot de passagers. Il était là. Entre sa carrure et son treillis, elle ne pouvait le manquer. Il s'avançait vers elle, marchant comme au travers d'un rêve. Les gens s'écoulaient autour d'eux et rien n'avait plus d'importance que leurs regards mêlés.

La réalité avait cependant télescopé ses rêves, les bousculant sans qu'elle ne puisse rien faire d'autre que rester là, hébétée. Depuis qu'il avait débarqué tel un hurricane dans la salle de rééducation, toute sa réalité faite de routines, de certitudes et de solitude avait explosé, avait été balayée et annihilée. Bousculée, ravie, terrifiée et radieuse, perdue dans un maelström d'émotions contradictoires qu'elle ne maîtrisait pas. Il était apparu et tout avait changé. Il était tout ce qu'elle avait pensé, pressenti, espéré et plus encore. Lovée entre ses bras, elle savait dans une sorte de conscience effrayante, qu'il était celui qu'elle avait toujours attendu. Elle repoussait ce sentiment : c'était presque trahir Noah que d'avoir une telle pensée. Cependant, lorsqu'elle serait plus lucide, elle se rendrait compte que Noah avait été son meilleur ami, qu'elle n'en aurait jamais de meilleur. Clint, lui, était son âme sœur…

Pour l'instant, elle était beaucoup trop bouleversée pour prendre toute la mesure de ses sentiments. Elle était emportée par un tel tsunami émotionnel, qu'elle se demandait si son cœur allait résister. Un geste, un regard suffisait, non pas à la faire frémir, mais à lui fouailler le cœur jusqu'au plus profond de son âme. Jamais elle n'avait connu une telle douleur, une telle intensité de sentiments et jamais non plus elle aurait cru cela possible.

Le voir, le toucher, humer l'odeur de sa peau, tout n'était que souffrance et délice ; souffrance délicieuse. Elle ne pensait plus, elle n'était plus qu'un puits à vif d'émotions. Elle n'avait même pas besoin de lui demander ce qu'il éprouvait : leurs regards fusionnés avouaient un volcan de lave incandescente, de sentiments brûlants que rien ne pourrait éteindre.

Elle percevait les battements précipités de son cœur, écho fou du sien. Il chercha ses lèvres, elle lui donna sa bouche, tandis que leurs cœurs s'emballaient. Il rompit leur baiser le premier, éperdu, presque effrayé par ce qu'il éprouvait. Il chuchota qu'il allait prendre une douche. Une journée à bosser dans le froid de l'hiver allemand, une nuit blanche agrémentée de presque sept heures de conduite suivie par la plus bouleversante des rencontres, il avait toutes les raisons pour ne pas être ni très frais ni à son top. Une douche ne pouvait que l'aider à réorganiser ses idées.

Il se leva, se penchant néanmoins afin d'embrasser son épaule, en un geste fugitif, irrépressible. Elle s'étira sous la couette malmenée, le suivant du regard tandis qu'il entrait dans la salle de bain contiguë. Il était grand, peut-être un peu moins que Noah, bien qu'à peine, et là s'arrêtait toute comparaison. C'était un homme fait, avec une carrure dure, des épaules musculeuses bâties pour se battre et résister à tout ou peu s'en faut : charge, fatigue ou douleur. Noah lui, n'était qu'un ado hésitant à devenir adulte, gamer convaincu et sportif dans ses seuls jeux… Bien sûr elle ne l'avait pas aimé pour son physique, mais pour qui il était. En cet instant, elle se rendait compte de ce que cela signifiait, une attirance physique en plus d'une union de l'âme. Alors, langoureuse, impudique, à demi couverte par un pan de couette, elle le regarda disparaître. De dos, ou de face, elle ne pouvait s'empêcher de lui trouver un charme presque paralysant. Était-ce dû à sa musculature puissante issue de longues heures sur un terrain de foot ? On sentait encore en lui la vélocité souple, explosive et puissante du quaterback. Ses dorsaux saillaient, lourds, lui conférant une silhouette plus trapue qu'il n'était. Sa nuque, rasée, accentuait l'impression de force herculéenne de son cou large, pendant de mâchoires carrées qui allaient de pair avec une bouche fine, un regard autoritaire et sans doute un peu trop intelligent. Des cicatrices s'égrenaient çà et là sur son corps, marquant sa chair et surtout son âme.

D'une démarche un peu raide à cause de sa jambe meurtrie, il entra dans la salle de bains percevant le regard d'Eléora dans son dos. Il sourit à part lui. Il ouvrit le robinet laissant couler l'eau encore froide sur sa nuque, s'ébrouant comme un jeune chien sous une pluie d'été. La fraîcheur chassa la fatigue, clarifiant presque instantanément ses idées. Il frissonna sans néanmoins chercher à régler l'eau. Il s'étira, offrant son visage au liquide glacé, le laissant s'écouler en rigoles bienfaisantes qui draînaient avec elles toute sa lassitude. Elles se répandaient en petits ruisseaux entre ses pectoraux découplés, descendaient vers ses abdominaux étonnamment dessinés, avant de s'écouler au long de jambes athlétiques aptes à courir un semi-marathon.

Soudain, il sentit une main l'enlacer tandis qu'un corps doux et souple se lovait contre lui. Il frémit, étonné. Ravi. Il n'eut qu'à se tourner à demi afin de la cueillir d'un seul bras l'attirant contre lui et l'embrassant avec une sorte de sauvagerie urgente. Elle se raccrocha à son épaule, indifférente à l'eau glacée, n'aspirant qu'à oublier tous ces mois de solitude. Avec une facilité déconcertante, il la souleva, conscient de sa fragilité. Cependant, leurs corps et leurs cœurs ne voulaient que se fondre l'un dans l'autre et rien ne pouvait freiner cet élan, même pas l'eau glacée qui continuait à couler sur leurs peaux brûlantes.

Ils n'entendirent pas leur hôte so british toquer à la porte, l'ouvrir de guerre lasse et leur déposer leur brunch avant de se retirer avec une discrétion admirable. D'un coup d'œil, elle avait noté le lit sens dessus dessous, sans compter les gémissements plus qu'explicites provenant de la salle de bains. Un sourire égaya son regard pervenche. Allons, ses invités allaient passer un agréable séjour, c'est tout ce qui comptait. Elle referma sans bruit la porte derrière elle, regagnant son domicile, satisfaite du solide repas qu'elle leur avait préparé : de quoi restaurer leurs forces au propre comme au figuré. Son mari qui lisait le Times dans leur salon devant un feu crépitant, ne comprit pas le pourquoi de sa gaité ni de son sourire réjoui. Leur chien, hirsute Irish wolfhound au poil dru, étalé en crêpe grise sur le tapis, lui lança un coup d'œil tout aussi étonné. Elle ne dit cependant rien se contentant de ramasser son tricot abandonné sous un coussin, avec un sourire satisfait.

Chapitre 24

Enfin, ils sortirent de la salle de bains. Elle s'enroula dans un peignoir douillet, clopinant à cloche pied jusque dans la chambre. Il enfila son bas de treillis, proposant de l'aider. Elle refusa dans un éclat de rire.

— Ne t'en fais pas, je prends l'habitude d'être un flamant rose et de sautiller sur la seule patte qui me reste.

Elle se laissa tomber sur le lit, en ajoutant :

— D'ailleurs si mon kiné me voyait faire ça, il serait fou ! Je l'entends déjà hurler que je vais renforcer ma musculature du côté gauche au détriment du droit et qu'ensuite j'aurai des problèmes de stabilité, et au dos, et des douleurs et… Bref ça déclenchera la 3ième Guerre mondiale. C'est un pessimiste, le pauvre !

— Peut-être n'a-t-il pas tort… argua Clint tout en la rejoignant.

— Bah sans doute, mais pour l'instant, je meurs de faim et comme ça ne m'était pas arrivé depuis des mois c'est ce qui me semble le plus important, alors approche ce plateau !

Ils firent honneur aux pancakes maison, aux œufs brouillés, un peu moins aux sandwiches au Saint Nectaire, sur lesquels Clint rechigna : trop fort pour son palais accoutumé au cheddar. Eléora se moqua de lui, riant à ne plus pouvoir s'arrêter. Cela faisait si longtemps qu'elle n'avait pas ressenti une telle liberté.

Il ne s'en offusqua pas, se contentant de lui retourner un sourire railleur. Lui aussi se sentait soudain à sa place, délivré du poids de toutes ces années de guerre qui avaient meurtri son âme, volant son insouciance. Aujourd'hui, dans cette chambre baignée par un pâle soleil hivernal, dans la chaleur craquante d'un feu de bois, près de cette jeune Française, aujourd'hui oui, il retrouvait une part de son innocence.

Elle parlait un anglais étrange à la prononciation et au vocabulaire typiquement britannique, à l'accent cependant mâtiné d'un français qui faisait chanter chaque mot. C'était déroutant, parfois un peu singulier et résolument craquant. Il l'écoutait, il la contemplait, bercé par la seule musique de sa voix. Jamais il n'avait ressenti une telle force, une telle attirance pour quelqu'un. Il savait que cette attraction était réciproque, cela lui faisait battre le cœur d'une reconnaissance dont il ne pourrait jamais s'acquitter. Comment lui, aurait-il pu rêver d'un tel miracle ? Il ne l'avait jamais espéré. Il lui était tombé dessus au hasard d'un tweet…

Après le repas, elle s'allongea en soupirant d'aise, aussi repue et satisfaite qu'un chiot. Elle se lova contre son épaule, câline et tendre. Fatigué, il s'assoupit par degrés, pour une rare fois, pleinement détendu.

Soudain, elle grommela, se tendit, se gratta pour ensuite s'échapper de ses bras. Il ouvrit les yeux, tiré de sa somnolence, à la fois surpris et inquiet. Elle avait roulé sur le ventre afin de saisir son sac posé à côté du lit. Elle farfouillait à l'intérieur tout en lâchant des onomatopées qu'il ne comprenait pas. Il lui caressa le dos, en murmurant :

— Honey ça va ?

Elle ne répondit rien, rien d'autre qu'un autre grognement, tandis qu'elle extirpait un tube de crème. Elle repoussa le sac sur le plancher, où il tomba en répandant une partie de son contenu, dans l'indifférence générale. Elle semblait trop concentrée à passer de la crème sur son moignon, qu'à se préoccuper d'autre chose. Avec une satisfaction douloureuse elle entreprit un massage de sa cicatrice ce qui parut la soulager. Au bout de quelques secondes, elle réalisa qu'il la fixait. Elle se figea net. Elle rabattit un pan de couette sur ses cuisses tout en lançant d'un ton sec, sans doute plus sec qu'elle ne le pensait ou même qu'elle ne le souhaitait.

— Ne me regarde pas comme ça !

Il essaya de l'enlacer, faisant à mi-voix :

— Tu as mal darling ?

Elle se dégagea, le repoussant et se refermant telle une huître. Elle se contenta de lui lancer un coup d'œil furieux, en répétant :

— Arrête de me regarder !

Il hocha la tête, essayant de réprimer un certain agacement. Il n'avait guère l'habitude d'être rabroué, cela ne cadrait pas vraiment avec son caractère. Il serra cependant les dents, préférant se taire. Il se leva, saisit le plateau encore abandonné sur le lit. Tournant le dos à la jeune fille, il s'occupa de ranger les assiettes, puis de tout poser sur une table. Toujours sans plus se préoccuper d'elle, il s'approcha de la cheminée, remettant une bûche dans le feu agonisant. Il lui laissa, et se laissa à lui aussi du même coup, un espace de liberté. Cela lui donna tout le temps de reprendre le contrôle de ses émotions. Il pensait comprendre pourquoi elle réagissait ainsi, alors sans doute mieux valait ne pas la brusquer. Ce qu'elle vivait été assez dur sans qu'il l'accable.

Au bout de quelques minutes, ayant recouvré tout son calme, il se retourna et l'observa. Ayant fini son massage elle enroulait, avec beaucoup de soin et de minutie, une bande autour de son genou.

D'une voix basse, aussi douce que possible, il murmura :

— Je sais que tu ne voulais pas que je sache, pour ton accident, pour ta jambe... Je sais que c'est très dur pour toi, je ne peux même pas imaginer ce que tu vis, ce que ça doit être, mais je t'aime... Je t'aime telle que tu es. Tu es imparfaite, je le suis aussi. Que ferais-je de toute façon d'une personne parfaite ? Alors je t'en prie, my love, tu ne dois pas avoir honte de ce que tu es. Tu ne dois pas en avoir honte, jamais, avec personne et encore moins avec moi.

À ces mots, elle s'était interrompue. La bande tremblait entre ses mains. Elle releva brusquement la tête, anxieuse. Il s'approcha d'elle, s'assit sur le bord du lit, la fixant droit dans les yeux :

— I love you...

Elle gémit tandis que ses yeux se remplissaient de larmes. Elle bredouilla :

— Je suis désolée, Je ne voulais pas être... Comme... Ça ...

Il la prit dans ses bras, la serrant assez fort pour que toute pensée négative ne puisse plus avoir de place.

— Je sais. Mais je t'aime telle que tu es.

D'un ton plus bas, il ajouta :

— Est-ce douloureux ?

Elle haussa une épaule quelque peu blasée :

— Oui, c'est la phase de cicatrisation, paraît que c'est normal. Le plus dérangeant c'est surtout l'impression d'avoir toujours ma jambe. Les toubibs appellent ça la sensation du membre fantôme. Parfois j'ai envie de hurler : SOS Ghostbusters vous êtes là ! C'est une phase normale semble-t-il... Pas de vouloir téléphoner aux Ghostbusters hein, d'avoir ces sensations, ça devrait passer. Excuse-moi je ne voulais pas plomber l'ambiance... termina-t-elle d'une petite voix pitoyable, le visage niché dans son épaule.

Il la serra un peu plus, affirmant avec sincérité :

— Chut, tout va bien. Ne t'en fais pas.

Ragaillardie, elle acheva de bander sa cicatrice avant d'enfiler sa prothèse provisoire. Dehors un soleil timide et une neige immaculée l'appelaient : elle était enfermée depuis de trop long mois pour ne pas céder à de telles tentations ! Elle sauta dans un jeans, un pull et attrapant son blouson, elle ouvrit la porte-fenêtre donnant sur le jardin. Elle clopina en riant, manqua s'étaler sur la terrasse, se retint dans un éclat de rire, sans plus se formaliser. Clint l'observa quelques secondes, partagé entre inquiétude et plaisir de la voir aussi heureuse. Il repoussa son anxiété, préférant opter pour le bonheur du moment. Il sortit à son tour, ramassa une poignée de neige dont il fit une belle boule. Avec une remarquable et sournoise précision, il lui lança la neige bien compacte dans le dos. Elle s'écrasa sur l'épaule de la jeune fille, la faisant chanceler sous le choc et la surprise conjugués. Elle se rattrapa in extremis. Elle se retourna, un sourire incrédule aux lèvres. À ce moment-là, il la regarda, lui renvoyant un sourire désarmant. Son cœur sembla rater quelques battements. Elle frissonna non pas de froid, mais d'une sorte de tension induite par la chaleur de son regard. Elle rougit, oublia une fraction de seconde la neige, la boule ainsi que le monde entier, hors ce regard brun. Brûlant.

Il profita de son trouble pour lui lancer une deuxième boule, qu'il dissimulait dans son dos. Elle hoqueta de surprise, vacilla, avant d'éclater de rire tout en perdant l'équilibre. Elle battit des bras, en vain, s'écroulant dans la poudreuse où elle disparut à demi. Le résultat fut bien supérieur à toutes ses attentes. Poussant un juron, il se précipita, soudain paniqué : si elle s'était blessée ?

Alors qu'il s'approchait, elle lui fit un rapide croc en jambe, si vif, si insidieux qu'il ne put que se répandre à son tour dans la neige. Le rire d'Eléora fusa, alors qu'elle se jetait sur lui, l'embrassant sans se préoccuper d'autre chose, secouant sur son visage les flocons parsemant ses cheveux.

Pendant quelques minutes ils oublièrent, le froid, l'humidité de la neige qui fondait en s'infiltrant sous leurs vêtements. Pendant quelques minutes, plus rien n'eut d'importance hors leurs souffles qui ne faisaient plus qu'un. Puis, malgré ses protestations, il la souleva avec une facilité déconcertante l'emportant vers la tiédeur de la vieille bâtisse. Il la déposa avec délicatesse sur le lit, tout en jetant un coup d'œil hâtif à sa montre.

-Secoue ta neige Princess, on y va ! s'exclama-t-il en empochant les clefs de la Mercedes.

Un peu ahurie, elle le dévisagea, alors qu'elle essuyait les minces rigoles des flocons à demi-fondus, dégoulinant dans son cou.

— Aller où ?

— C'est une surprise.

Chapitre 25

Finalement, elle se retrouva dans le coupé, se posant mille questions, sans pouvoir imaginer la moindre réponse. La voiture l'emporta après quelques virages glissants, bordés de congères, vers un minuscule village blotti au creux d'une courte vallée. Les maisons en granite aux toits écrasés de neige et aux cheminées fumantes, les accueillirent provoquant encore une fois un vif étonnement pour l'Américain. Tout ici semblait avoir mille ans ! Même la mairie arborait des fenêtres à meneau ainsi qu'une porte en ogive. Comment était-ce possible ?

Enfin sans plus s'interroger ou s'arrêter sur ces détails, il gara la Mercedes le long du trottoir courant dans la rue principale. Quelques boutiques offraient des vitrines encore toutes illuminées de décorations de Noël. Ouvrant la portière côté passager, il aida la jeune fille à descendre. Elle claudiqua sur les pavés mouillés et glissants, se raccrochant sans même y penser au bras fort et solide qui la soutenait. Elle jeta un coup d'œil autour d'elle, suivant Clint, ses béquilles frappant le sol avec exubérance. Peu importait où il l'emmenait, elle était libre, elle respirait l'air glacé, elle marchait comme tout un chacun ou presque et cela était en soi un cadeau.

Toutefois, pour Clint ça ne semblait pas suffisant. En quelques pas, ils parvinrent devant une boutique, dont il poussa la porte vitrée sans aucune hésitation, Eléora sur les talons. Elle eut tout juste le temps de lire « Coiffeur » sur l'enseigne que déjà ils entraient dans un joli salon au plancher en bois clair et aux murs en pierre. Une jeune femme au sourire engageant vint à leur rencontre.

— Bonjour, vous avez rendez-vous ?

Clint haussa un sourcil incertain ; s'il ne comprit rien, il fit bien semblant du contraire. Il se tourna vers Eléora.

— Je reviens d'ici une bonne heure.

Sans bien comprendre, elle lui lança un regard ébahi, trop stupéfaite pour pouvoir répliquer. Il se pencha, l'embrassa furtivement avant de disparaître dans l'hiver. Elle suivit sa silhouette dont le treillis camouflé de vert tranchait sur le gris et la neige. La coiffeuse ne lui laissa néanmoins pas le loisir de se poser plus de questions. Avec gentillesse, mais fermeté elle la dirigea vers les bacs adaptés au lavage des cheveux. Eléora clopina jusqu'au fauteuil où elle se laissa tomber dans un soupir mi-résigné mi-excité : cela faisait si longtemps qu'elle ne s'était plus occupée de son apparence qu'elle ne pouvait même pas se souvenir de la date.

Avec une dextérité née d'une trop longue habitude, elle posa ses béquilles sur le sol, s'installant la nuque en appui confortable, attendant le bon vouloir de la coiffeuse. Celle-ci défit la queue de cheval d'un seul mouvement, répandant ainsi les cheveux de couleurs disparates dans l'évier. Sous la pression ferme et pourtant douce des mains de la jeune femme, conjuguée à celle de l'eau tiède ruisselant sur sa tête, Eléora se détendit. Elle ferma les yeux, se demandant comment Clint pouvait être aussi sensible… À moins qu'il l'ait trouvée si moche qu'il n'ait pu trouver que ce moyen afin de tenter une opération en urgence. Elle réprima un gloussement à cette idée : peut-être n'est-ce pas si éloigné de la vérité ! Pouvait-elle lui donner tort ?

Sans doute pas ! Ses cheveux étaient affreux et le reste à l'avenant.

Le lavage fut bientôt fini, la tirant d'une bienheureuse béatitude. Les cheveux enveloppés dans une serviette vert pomme, elle fut invitée à prendre place dans un fauteuil faisant face à un large miroir. La coiffeuse retira la serviette, épongea la chevelure de sa jeune cliente, en quelques tapotements délicats. Elle ébouriffa les mèches inégales afin de se rendre compte des possibilités qu'elle pouvait avoir. Elle réprima une moue agacée devant les dégâts, se demandant ce qui avait pu arriver à cette jeune fille. Tout en elle était mystérieux comme l'est un point d'interrogation : de ses cheveux bicolores à son boitillement en passant par son compagnon... Surtout son compagnon d'ailleurs.

Elle retint quelques questions qui ne demandaient que des réponses, sachant que la curiosité n'est pas toujours l'allié du petit commerçant. Elle ravala donc ses interrogations, préférant lisser à l'aide d'un peigne les mèches d'inégales longueurs, tout en faisant d'un ton professionnel et uni :

— Alors que faisons-nous ?

Ainsi interpellée Eléora sursauta.

— Euh... J'sais pas... Je n'y ai pas pensé à vrai dire...

La coiffeuse hocha la tête, comme si elle comprenait, bien que cela ne soit pas le cas.

— Quelle était votre coupe ? Nous pourrions la refaire si vous voulez.

La jeune fille réprima un rire nerveux. Elle sortit son smartphone de la poche de son jeans, l'alluma et montra sa photo de profil.

— Non je ne pense pas qu'on puisse tout de suite me refaire cette coupe…

La coiffeuse blêmit, se morigénant de sa propre bêtise. Sur la photo la jeune fille était éclatante de joie et de beauté, avec une chevelure souple, abondante qui devait lui descendre jusqu'aux fesses ; pas étonnant qu'elle ait un compagnon qui soit autant aux petits soins pour elle. Enfin cela ne la guidait pas sur le choix d'une coupe ! Elle prit le parti de l'humour, ce qui semblait le plus adapté :

—Oui en effet, cela va être compliqué, enfin pour la longueur, pour ce qui est de la couleur là ce n'est pas un souci.

Le cœur d'Eléora fit un bond. Comment ! … Elle pouvait retrouver le parme délicat qui avait auréolé son visage ces dernières années ? Elle releva la tête, fixant son reflet dans le miroir. Elle prit une profonde inspiration, sachant que le passé ne revient jamais, il reste au loin derrière, et rien ne peut le ranimer : vouloir le retrouver ne peut qu'être une erreur. D'une voix ferme, elle laissa tomber :

— Non, c'était un temps qui est fini.

— Donc plus de mauve ? fit la coiffeuse avec un peu de regret.

Ce n'était pas tous les jours qu'elle avait l'opportunité d'user de telles teintures.

La jeune cliente semblait cependant décidée :

— Non, plus de parme, c'est une teinte qui ne me correspond plus.

— D'accord. Votre ami ne va pas être déçu ?

— Qui ? Oh Clint... Je... À vrai dire je ne sais pas...

— S'il aimait vos cheveux mauves, peut-être sera-t-il heureux d'au moins en retrouver la couleur, à défaut de la longueur.

— Oui... Enfin non ! Cette coupe, cette teinture correspondait à un autre moment de ma vie...

La jeune fille rougit imperceptiblement :

— Une période passée où nous ne nous connaissions même pas, à tout vous dire.

— Oh, je vois. Un autre copain ?

La rougeur d'Eléora s'accentua embrasant ses pommettes, tandis qu'une lame transperçait son cœur. Quand penser à Noah ne serait plus une telle souffrance ? Elle laissa tomber d'une voix pâle, presque inaudible :

— Oui, c'est ça...

Ressentant son malaise, la coiffeuse lança d'un ton visant à détendre l'atmosphère assombri :

— Alors vous avez tout à fait raison ! Vous savez qu'on dit toujours : à nouveau mec nouvelle coupe !

Elle lui lança un clin d'œil complice par l'entremise de la glace. Eléora ne put s'empêcher de sourire, tandis qu'un poids se décrochait de sa poitrine. Oui, Noah était le passé, il était temps de se tourner vers l'avenir.

Lorsque Clint poussa à nouveau la porte, livrant passage à une brusque nuée de flocons qui tourbillonnèrent dans ses pas, la coiffeuse achevait de donner un ultime coup de peigne à sa cliente. Au bruit du carillon qui dansa au passage du sergent, Eléora sursauta. Elle se tourna d'un bloc, soudain inquiète et plus aussi sûre d'elle-même et de son choix. Qu'allait-il penser ?

Elle saisit ses béquilles avant de se relever, un peu engourdie par la longue station assise. Les deux cannes dans une main, en appui sur sa jambe valide, elle redressa le menton cherchant son regard tout en effleurant ses cheveux d'une main hésitante. Sur l'instant, il ne vit rien, rien d'autre que ses yeux contenant toutes les promesses d'un généreux printemps. Il resta une fraction de seconde pétrifié sur le seuil, la poitrine pulvérisée par un coup qui ne pouvait qu'être mortel. L'hiver continuait à tourbillonner autour de lui, tandis que ses Rangers formaient déjà deux flaques d'une neige boueuse et inconsistante. En partie grâce à son entraînement, il se reprit, s'efforçant de respirer et de maîtriser les soubresauts désordonnés de son cœur. Il referma la porte sur le froid, sans pourtant lâcher Eléora des yeux. Elle n'était ni jolie, ni belle : elle était magnifique comme peut l'être une planète inconnue dans une aube nouvelle. Il ne pouvait que rester là, fasciné et presque intimidé. C'était une émotion qu'il n'avait encore jamais explorée.

Se méprenant sur son silence, elle claudiqua vers lui, ses cheveux mi-longs effleurant son visage dans un ballet délicat.

— Tu n'aimes pas ?

Il la contempla une seconde, avant de parvenir à faire d'une voix basse, plus rauque encore qu'à son habitude :

— Tu es parfaite.

Il ne connaissait rien ou pas grand-chose en coiffure. Toutefois la coupe en carré dégradé encadrait le visage de la jeune fille, intensifiant la douceur de ses traits, estompant la maigreur de ses joues, les cernes crispés de fatigue et de douleur qui soulignaient son regard clair. Le châtain naturel un peu terne avait été réhaussé par des mèches plus claires, apportant soleil et légèreté, lui redonnant soudain toute la luminosité pétillante de son jeune âge. Une mèche et une seule, d'un mauve soutenu, apportait une intensité fantasque à cette coupe presque sage.

Il tendit sa main, large et calleuse d'avoir trop manié d'armes, frôlant cette mèche unique du bout de ses doigts rudes. Il répéta d'un ton encore plus bas, d'une voix trouble d'émotion, tandis que son cœur explosait dans sa poitrine.

— Tu es merveilleuse.

Elle rosit, plus encore à cause de son regard, porte ouverte sur le désarroi de ses émotions, qu'à cause des mots.

Chapitre 26

En rentrant au gîte, elle avait envoyé un bref message à sa mère, l'enjoignant de ne pas passer la voir. Elle prétexta des révisions en vue de ses partiels, une fatigue due à sa rééducation. Comme cela lui arrivait parfois de préférer rester seule, elle savait que cela ne soulèverait pas de questions. Elle espéra juste que le centre ne contacterait pas ses parents afin de les prévenir de son absence. Elle croisa les doigts pour que Sally n'ait fait aucun zèle et surtout, qu'elle n'ait pas été remplacée à l'accueil. De toute façon, elle ne pouvait rien faire de mieux. Alors autant profiter du maigre temps qui leur était imparti, avant qu'elle ne retourne au centre et que lui reparte vers sa base. Leur latitude était très étroite, leur créneau de bonheur tout autant. Pour une fois, pour l'une des rares fois de sa vie, Eléora se ferma aux autres, n'écoutant que son cœur.

La chambre dans le gîte devint un cocon protecteur au sein duquel ils purent se découvrir et laisser leurs sentiments s'épanouir. Hélas, les heures s'écoulaient, s'enchaînant les unes aux autres, en une chaîne inexorable. Aussi éphémère qu'un souffle dans le vent, cette parenthèse ne pouvait durer. Le lendemain, en fin d'après-midi il gara la voiture devant la porte du centre de rééducation, l'aidant à sortir du coupé gris métallisé. Il n'alla pas plus loin, la laissant grimper seule les marches du perron d'accueil. Il suivit sa mince silhouette boitillante, la regardant disparaître, avalée par le sinistre bâtiment. Il s'était rarement senti aussi seul, à la fois démuni, terrifié et débordant de bonheur. Rien ne l'avait préparé à un tel excès incontrôlé de ses émotions. Il était là, déboussolé, le cœur si plein qu'il lui semblait prêt à exploser. Elle venait à peine de disparaître qu'il se sentait comme amputé lui aussi de l'un de ses membres : comment allait-il pouvoir vivre sans elle à présent ?

Il leva la tête cherchant la fenêtre de sa chambre. Soudain il la vit, diaphane et intangible, les mains appuyées contre la baie vitrée, le regard agrandi par l'angoisse, l'anxiété et le manque déjà. Ses yeux brillaient, débordant peut-être de larmes, du moins c'est ce qu'il imagina. Il dût faire preuve d'une volonté incommensurable afin de ne pas bondir dans l'hôpital et l'arracher à cette vie qui n'en n'était pas une.

Une fois dans sa chambre, Eléora s'était précipitée à la fenêtre, le cœur glacé, espérant le voir une fois encore, une toute dernière fois. En reconnaissant sa haute silhouette dressée à côté de la Mercedes, elle avait presque crié de joie avant qu'une poigne brutale ne lui serre les entrailles, l'étouffant à demi : et s'il ne revenait jamais ? Désemparée, elle avait appuyé son front contre la vitre, insensible à la froideur du verre, insensible à tout sauf à son regard.

Avec incrédulité elle le vit arpenter le parking à demi vide, l'asphalte sombre disparaissant sous une couche d'une blancheur diaphane, due à la neige qui s'était remise à tomber. Soudain elle comprit ce qu'il faisait lorsqu'il s'écarta, rejoignant sa voiture laissée en plein milieu. Il ouvrit la portière, pourtant avant de s'installer au volant, il releva la tête, cherchant son regard. Elle était bien trop loin pour voir ses traits avec précision, cependant elle crût, ou imagina qu'il lui faisait un

178

clin d'œil tandis que le « I love you » qu'il avait tracé dans la neige fraîche semblait étinceler.

Leur routine reprit, faite de journées trop longues, d'espoir et de peur. Il leur était plus compliqué à présent d'accepter cette séparation, maintenant qu'ils s'étaient rencontrés, maintenant qu'ils savaient l'un et l'autre que tout était réel. Que toute cette histoire, folle de prime abord, était toutefois vraie et aussi tangible que n'importe quelle rencontre.

Il était revenu en Allemagne, presque hystérique de bonheur, parce qu'il l'avait vue, parce qu'elle surpassait tout ce qu'il avait pu rêver d'elle et parce qu'elle était réelle. Tout ce qu'il avait craint n'était plus rien. Le poids qu'il avait transporté, lui pesant comme une enclume sur la poitrine, ce poids avait disparu, n'avait jamais existé. Repartir, la laisser, avait été d'une difficulté extrême, ce qui l'étonnait. Après tout, il ne la connaissait que depuis quelques semaines, quelques heures auraient même dit certains ! Il avait bien dû tomber amoureux auparavant, bien qu'à présent il ne s'en souvenait plus. Le sourire d'Eléora avait tout emporté.

Il se sentait à la fois euphorique, presque extatique de joie tout en ressentant une pointe d'inquiétude qui allait crescendo. Et si ces quelques heures n'étaient qu'un éphémère et fugitif moment qui n'aurait pas de suite ? S'il ne devait jamais la revoir ? Dans ces instants de doute, il gueulait sur ses gars, les emmenant pour de longs footings dont ils revenaient harassés, physiquement rompus, ce qui aidait quelque peu ses idées à se rassembler.

Pourtant, il devait vivre avec cette douleur, plus ou moins intense, parfois seulement lancinante bien que le plus souvent aussi rude qu'un poignard planté jusqu'à la garde. Il ne savait quand elle s'en irait, ni s'il souhaitait vraiment qu'elle parte…

La question qui le hantait, qui la hantait tout autant, sans qu'ils s'en ouvrent ouvertement l'un à l'autre, ces pensées qui ne cessaient de les poursuivre, étaient faites d'angoisses, de peur d'être tout à coup rattrapés par une vérité qu'ils ne voulaient pas voir. En effet, se demandait-elle en frissonnant d'inquiétude, si tout cela n'était qu'une mascarade ? S'il ne revenait jamais ? Comment d'ailleurs pourrait-il fantasmer sur une handicapée, lorsque le monde débordait de filles splendides et surtout éblouissantes de santé ?

Et si jamais elle ne voulait pas le revoir, songeait-il avec effroi ? Après tout il n'était rien, rien qu'un soldat perdu parmi une multitude… Que pouvait-il exiger d'une fille comme elle ? Qu'avait-il à lui proposer d'autre que l'angoisse de séparations trop longues, l'omniprésence de la mort et celle et non des moindre de ses traumatismes…

Alors à nouveau, avec une intensité renouvelée, ils ne vivaient et ne respiraient qu'au rythme des messages qu'ils attendaient et rédigeaient avec une sorte de fièvre frénétique.

Lorsque la porte en verre s'était refermée derrière Eléora, elle avait dû faire preuve d'une force mentale peu commune pour ne pas faire demi-tour, planter là tout ce qui faisait et défaisait sa vie, afin de sauter dans ses bras. Ils seraient partis tous deux vers un futur terrifiant d'incertitude, éblouissant de découvertes, amoureusement excessif. Mais elle n'avait même pas tourné la tête. La nuque roide, elle avait clopiné dans une traversé lente et déchirante du hall. Sally, fidèle à son poste d'accueil, l'avait encouragée par un clin d'œil doux et complice. Elle y avait puisé la force de franchir les portes de l'ascenseur, les dents serrées, résistant à cette nécessité impérieuse de tout laisser tomber. Ce n'était même pas difficile. Elle n'avait qu'à se retourner. Il était là, elle le savait et n'attendait qu'elle. Il ouvrirait ses bras, elle s'y jetterait. Ses béquilles tomberaient dans un bruit assourdi par la neige, auquel ils ne prêteraient nulle attention. Elle pouvait déjà imaginer leur baiser, la force de son étreinte, si rude qu'elle penserait avoir quelques côtes fêlées, mais qu'importe…

Elle n'avait cependant pas dévié d'un millimètre. Guidée par l'habitude, elle avait pressé le bouton d'appel de l'ascenseur, la main tremblante, il est vrai. Elle s'était engouffrée à l'intérieur sitôt les portes ouvertes, avec l'impression étrange de n'être plus qu'une plaie béante. Tout son être n'était qu'un gouffre dans lequel son cœur avait chuté, la laissant glacée et pétrifiée de solitude. Mais elle avait eu une certaine éducation, faite d'abnégation, de conformation au devoir, doublée par une sorte de syndrome de la gentille fille. Comment pouvoir se libérer en quelques secondes de toute une vie ? Elle ne le pouvait pas. Sa rébellion n'allait pas plus loin que la mèche mauve qui battait son visage. Un jour, peut-être, serait-elle capable de faire front, mais pas aujourd'hui, pas encore.

Alors, à son cœur défendant, elle s'était retrouvée dans cette chambre qui accueillait ses souffrances et sa détresse depuis des mois, de trop longs mois. Elle n'avait pu que s'appuyer contre la vitre glacée et le regarder s'éloigner dans les bourrasques de neige. Elle n'avait eu d'autre choix que de se conformer à ce qu'on attendait d'elle et peu importait qui était ce « on ». Elle avait repris sa routine de rééducations, lectures et révisions, ne respirant cependant qu'au rythme de ses messages.

Sa mère s'était étonnée de cette nouvelle coupe de cheveux, apparue là comme par magie. C'est Axelle qui l'avait tirée d'affaire. Elle avait laissé tomber un mensonge sublime, comme elle savait si bien le faire, don qui, ce jour-là, avait été fort utile. Elle avait sur le champ inventé une histoire d'association de coiffeurs venant proposer des coupes gratuites aux personnes hospitalisées. Elle savait débiter des énormités avec un tel aplomb, que nul ne pouvait mettre en doute ses propos. Leur mère, toujours pressée, avait hoché la tête, fait une moue dont on ne pouvait dire si elle était approbatrice ou pas, avant de consulter sa montre et de récriminer après ses copies à corriger. À croire que la vie ne tournait qu'autour de piles d'interros n'attendant qu'une chose : qu'elle daigne se pencher sur elles.

Une fois seule, seule avec elle-même dans cette pièce impersonnelle, Eléora avait poussé un soupir, résignée et soulagée. Le grand mélèze avait salué son retour, agitant lentement sa cime duveteuse de flocons.

Axelle n'était pas dupe. Eléora avait fini par lui raconter toute son escapade, sans rien omettre, du moins pour tout ce qui se limitait à quelques descriptions de la neige sur les hauts des montagnes. Elle avait passé sous silence ces moments où ses lèvres avaient exploré son corps exceptionnellement musclé, lorsque les siennes étaient allées à la découverte du sien. Nul besoin que sa jeune sœur soit au courant de ces détails, intimes et tendres. Toutefois, le sourire d'Axelle lui rétorquait qu'elle imaginait tout à fait ce que ces silences et omissions dissimulaient. Leurs conversations avaient souvent lieu le soir, lorsque Axelle trouvait quelques minutes afin d'appeler sa sœur, loin des oreilles indiscrètes de ses parents. Leur complicité lui manquait. Eléora lui manquait. Aussi elle était soudain heureuse que quelqu'un ait enfin pu faire revenir un sourire dans les yeux de sa sœur. Depuis la mort de Noah ce n'était pas évident qu'elle retrouve un jour la moindre gaité et luminosité. Il avait fallu qu'un Américain débarque, comme en 1945, pour que la vie, l'envie de vivre, revienne dans le regard de la jeune fille. C'était absolument surréaliste, mais peu importait pour Axelle, seul le fait de voir sa sœur à nouveau heureuse, à nouveau souriante, et non plus blafarde et si détachée qu'elle ne pouvait que postuler pour une figuration dans the Walking Dead…

Et puis elle pouvait bien en convenir : Clint était plutôt pas mal, dans un style surprotéiné c'est vrai ; cependant, son regard profond, intelligent et sûr de lui compensait beaucoup. De plus lorsqu'il avait prononcé le nom d'Eléora, il s'était tout à coup illuminé, dévoilant à son insu une part de son cœur. Cela avait suffi à toucher Axelle. Profondément. Alors peu importait ce que diraient ou penseraient ses parents, Clint était pour l'heure le meilleur atout, sans doute le seul capable de sauver Eléora. Pour ça, elle ferait tout ce qui était en son pouvoir et si

mentir était nécessaire elle le ferait sans arrière-
pensée.

Le secret d'Eléora était donc bien gardé. Elle
en était persuadée. La confiance qu'elle vouait à sa
sœur était réciproque, aujourd'hui plus que jamais.

Chapitre 27

Dans un mouvement de lent balancier, le mélèze approuvait les choix de la jeune fille, projetant des ombres bienveillantes dans la pâle clarté de la chambre. Une lune à demi voilée par des nuages lourds de neige, peinait à éclairer la pièce. Peu importait pourtant à la jeune fille, qui allongée ou plutôt pelotonnée sous ses couvertures, discutait à voix basse, le regard fixé sur l'écran de son téléphone, ce dernier lui renvoyant le visage rude et souriant de Clint.

C'était un peu comme s'il était là, avec elle. Elle pouvait presque sentir la chaleur de ses mains sur sa peau, le poids de son corps contre le sien. Parfois c'était seulement frustrant, ce n'était même plus rassurant, juste une envie irrépressible et pourtant impossible d'être dans ses bras. Juste une frustration de plus, de trop sans doute, dans une journée où tout n'était qu'effort, difficulté et souffrance. À son regard, au pli désabusé de sa bouche ou encore à ses traits un peu plus tirés que d'habitude, il devinait immédiatement son humeur. Il savait combien ce qu'elle subissait était dur et ingrat, tant physiquement que psychologiquement en plus de l'acceptation de son handicap. C'était un double deuil auquel elle devait faire face : celui de son petit ami et celui de sa normalité, qu'elle avait perdus en même temps que sa jambe.

Elle avait besoin de temps, d'espace, de compréhension et surtout de tendresse. Il le comprenait. Il était résolu à lui donner tout ce qu'il pouvait. Jamais il n'avait rencontré une fille comme elle, aussi, il n'était pas prêt à la laisser s'échapper ! De toute façon son cœur le lui aurait interdit. Lorsqu'il entendait sa voix à la fois pétillante et douce murmurer son prénom, suivi par un « my love » avec cet accent qui la rendait tellement spéciale, il lui semblait qu'il allait éclater ou s'écrouler.

Rien ne l'avait préparé à éprouver de tels sentiments. Rien ne l'avait préparé à ça… Alors il faisait ce qu'il pouvait, c'est-à-dire l'aimer et le lui dire.

Jour après jour, Eléora avançait sur le chemin chaotique et aride de la guérison et celui, conjoint, de l'acceptation. Elle avait perdu la moitié de sa jambe, cependant, elle était vivante. Elle pouvait se tenir droite et affronter le monde, si ce n'est sur ses deux membres, du moins debout. Sa rééducation, douloureuse et difficile, montrait peu à peu les résultats de son opiniâtreté. Bientôt, elle pourrait avoir une prothèse faite sur mesure qui lui permettrait de marcher avec un délié si parfait que nul ne pourrait voir sa tragédie. En même temps qu'elle reprenait possession de sa bipédie, elle avançait sur le lent chemin de l'acceptation. Oui elle avait vécu un drame, néanmoins la vie continuait. Elle n'avait pas d'autre choix que d'en suivre le flot. Elle ne remonterait pas le temps. Elle ne retrouverait pas cette époque d'insouciance. En l'espace d'une nuit elle avait vieilli de dix ans, supportant, sur ses épaules déjà trop chargées, le poids de sa culpabilité. En effet, si elle n'avait pas obligé Noah à aller à cette stupide fête, il serait toujours vivant…

Seul Clint savait l'étendue de ce qu'elle portait ou croyait devoir porter. En quelques mots, il lui avait asséné d'un ton sec :

— Tu peux te complaire dans tes prétendues fautes, tu peux imaginer mille choses qui auraient fait qu'il soit encore vivant, tu peux te torturer, nuit et jour, mais sois certaine que rien de ce que tu penseras ne changera le fait qu'il est mort. Rien ne le ramènera. Même pas tes regrets...

D'une voix un peu plus douce, il avait ajouté :

— Je suis passé par là, je suis resté éveillé des nuits entières à fixer le plafond en imaginant que si j'avais fait ceci ou cela Chad serait encore là pour sa fille. Cela n'a servi à rien d'autre qu'à me punir pour une faute que je n'avais pas commise. Chad lui, n'est pas revenu et ne le fera pas. Alors my sweetheart, ne te laisse pas entraîner dans cette pente. Serre les dents et avance.

Elle n'avait pas acquiescé. Elle savait toutefois qu'il avait raison, alors elle s'efforçait de faire refluer sa culpabilité pour se concentrer sur sa rééducation et ses cours. L'esprit et le corps ainsi sollicités, ses idées se firent plus claires. C'est à cette période qu'elle commença, non pas à accepter son handicap, comment accepter d'être unijambiste à vingt et un ans ? Non, évidemment pas, mais à intégrer ce fait. La présence de Clint y était pour beaucoup, si ce n'est pour tout, dans ce lent processus. Contrairement aux autres, que ce soit ses proches ou le personnel médical, il ne lui servit jamais de discours confits dans une gentillesse lénifiante qui n'apportait rien d'autre que de rassurer celui qui la distillait. Il se refusa à lui servir des paroles creuses, certainement mensongères, de surcroît. Tout au contraire, il lui montra la réalité qui, si elle était désagréable, n'en n'était pas moins exceptionnelle sous bien des points. Déjà elle était vivante, ce qui ne résonnait pas comme une évidence.

Ensuite en effet, elle avait perdu une jambe, une moitié de jambe pour être précis, néanmoins il lui restait trois membres en parfait état, ce qui était une excellente nouvelle : de quoi se réjouir chaque minute ! De plus, elle allait bénéficier d'un appareillage tel, qu'elle pourrait à nouveau non seulement marcher sans que nul ne soupçonne quoi que ce soit, mais en plus elle pourrait bientôt le suivre en footing. Que pouvait-elle demander de plus ?

La vie n'était pas une épreuve dont on sortait indemne, elle devait l'apprendre et l'accepter. Par chance, la vie offrait aussi certaines compensations et il espérait que leur rencontre, même si elle ne remplacerait jamais sa jambe, serait un halo suffisamment lumineux pour l'éclairer dans les ténèbres de sa détresse.

Que pouvait-elle répondre à ça ? Hormis hocher la tête et approuver. Oui, il avait raison. Et oui, mille fois oui, pour son amour elle aurait volontiers offert ses deux jambes et même plus encore. Elle ne le lui dit jamais de cette manière-là, cependant sa façon de le dévisager, avec ses yeux si éblouissants de tendresse, suffisait à le lui faire comprendre.

Il n'avait pas besoin de mots pour savoir toute l'étendue de ses sentiments : il éprouvait et endurait les mêmes émotions, son cœur battant au rythme exact du sien.

Ainsi peu à peu, Eléora retrouva non seulement son appétit de vie, mais put à nouveau voir le monde autrement que par la seule lorgnette de sa souffrance. Elle avait beaucoup perdu, néanmoins d'autres avaient encore plus perdu qu'elle. Elle ne pouvait qu'être reconnaissante pour ce que la vie lui offrait à présent.

Un matin, alors qu'elle contemplait les enfants jouant dans le minuscule square, elle réalisa une chose d'une importance fondamentale. Ils étaient là, courant et chahutant, insouciants et joyeux, trébuchant et se relevant dans le même mouvement. Alors elle comprit qu'elle devait elle aussi se relever et continuer sa route. Elle devait vivre, pour elle, pour Noah.

À partir de ce jour-là, elle se força à manger même si les repas du centre lui donnaient la nausée. Elle s'appliqua et s'investit encore plus dans sa rééducation ainsi que dans ses cours : elle ne perdrait plus de temps. Elle devait avancer. Elle repoussa toutes les idées noires ou seulement teintées d'anxiété qui auraient pu la faire dévier de son objectif. Elle lista ses sujets de bonheur et elle apprit par cœur des citations positives qu'elle se répétait en mantras auxquels elle se raccrochait dans les moments compliqués.

Et puis il y avait Clint. Il était à la fois son but et son socle. Ce qu'elle ressentait pour lui était tout à la fois irrépressible et sans commune mesure avec tout ce qu'elle avait éprouvé jusque-là. Dire qu'elle l'aimait aurait été une bien faible description de ce qu'elle éprouvait. Alors oui, elle parviendrait à rire à nouveau et un jour il verrait combien elle était excellente aux cent mètres, car tout ancien quaterback qu'il était, il mangerait sa poussière !

Ses parents s'apercevaient avec surprise et plaisir de son changement d'humeur. L'équipe médicale qui l'entourait, comprit, elle aussi, que la jeune fille avait dépassé la phase critique. À présent, elle pouvait progresser. Elle pourrait avoir une vie qui ne serait assujettie à aucun anti-dépresseur ou autres béquilles médicamenteuses. Sa volonté seule n'avait pas permis cette avancée, le soutien rude et sans faille de Clint avait été prépondérant.

Ce laps de temps leur permit de se découvrir, de se parler, de se connaître finalement mieux et peut-être plus profondément que s'ils s'étaient rencontrés de manière plus conventionnelle. Ils se rejoignaient chaque soir pour de longues conversations qui les menaient tard dans la nuit.

Là-bas, dehors, le mélèze agitait sa cime d'une manière réprobatrice. Oui, c'est vrai, il faudrait qu'elle dorme, demain elle avait sa rééducation et ses partiels approchaient aussi. Oui, c'est vrai, il faudrait qu'il se repose, dans quelques heures il se levait afin d'accompagner un convoi de camions en partance vers une autre base. Oui, il le faudrait. Oui c'était indispensable et pourtant tant pis pour les réflexions inexprimées du vénérable. Tant pis pour la raison, ils ne voulaient qu'échanger encore et encore des messages dans la demi-obscurité de leurs chambres respectives.

— Comment vas-tu ce soir ?

— Qu'as-tu fait aujourd'hui ?

— Après ce contrat, veux-tu renouveler dans l'armée ?

— Que voudrais-tu faire après tes études ?

— Qu'aimerais-tu faire en dehors d'être soldat ?

— Quel est ton animal favori ?

— Quels pays as-tu visité ?

— Lesquels rêverais-tu de découvrir ?

— Que vas-tu faire demain ?

— Quels sports voudras-tu faire ? Ou reprendre ?

— Aimes-tu les chiens ?

Les questions fusaient s'enchaînant aux réponses, les comblant et leur laissant tout à la fois un goût d'inachevé. Ils ne pouvaient se lasser d'en apprendre un peu plus sur l'autre et cela n'était jamais assez. Comme une drogue appelle des doses de plus en plus conséquentes, ils exigeaient de passer de plus en plus de temps l'un avec l'autre.

Les deux jours au gîte, ensemble, n'avaient fait qu'exacerber leur besoin physique et mental : ils ne voulaient qu'une seule chose au monde, être l'un avec l'autre. C'était une souffrance qui ne prendrait fin que lorsqu'ils seraient enfermés dans les bras et le regard de l'autre. Parfois, lorsqu'il guettait l'apparition d'une notification indiquant un message, geste qu'il faisait inconsciemment plus de mille fois par jour, il trouvait assez de lucidité afin de voir toute la folie de cette histoire. Oui il était fou, fou d'elle et rien ne pourrait endiguer cette folie.

Chapitre 28

Par chance, le temps continuait sa lente bien qu'inéluctable avancée. Les jours succédaient aux nuits et un soir Axelle et sa mère débarquèrent comme à leur habitude. Toutefois, ce jour-là n'avait rien d'usuel. Axelle se jeta sur le lit où sa sœur se tenait assise, entourée comme à son habitude par des piles invraisemblables de livres.

— Eh Lora ! Ça y est, c'est la quille !

Eléora, reposa son roman en réprimant un soupire de frustration, sans pouvoir s'empêcher de renvoyer un sourire à sa sœur. La gaité débordante de sa cadette était peut-être contagieuse.

— Lora, ne fais pas cette tête ! Tu devrais bondir et hurler de joie, tu sors demain, ça y est, tu rentres à la maison !

La jeune fille glissa posément un marque-page proclamant avec une certaine allégresse « book lovers never go to bed alone » entre les feuilles du livre, avant de répondre avec tout autant de détachement :

— Oui, c'est vrai c'est demain…

Axelle se figea, dévisageant sa sœur sans comprendre :

— Mais… Tu n'es pas contente de rentrer ? De retrouver la maison ?

— Si bien sûr… Mais…

— Mais quoi ? Je ne te comprends pas, tu devrais sauter de joie et là tu fais quasi la gueule.

Eléora s'affaissa imperceptiblement, tout en repoussant la mèche pourpre qui chatouillait son visage. D'une voix basse elle glissa à sa sœur, s'approchant si près qu'elle pouvait sentir la fraicheur printanière apportée par la jeune lycéenne.

— Tu sais bien qu'une fois chez nous, tout sera plus compliqué.

Elle bloqua son regard clair dans celui de sa sœur, soulignant sa phrase d'un air entendu. Tel un typhon, leur mère allait et venait dans la chambre, ouvrant l'armoire, sortant des vêtements, des sacs et des valises, raflant d'un geste une brassée de dossiers et de cours posés en vrac sur le bureau ; transformant toute l'atmosphère paisible quelques minutes auparavant, en volcan en irruption. Pompéi n'avait pas dû connaître une plus forte effervescence… Impossible !

Les deux sœurs se dévisagèrent soupirant dans un bel ensemble. Axelle hocha la tête, réalisant tout à coup à quoi sa sœur faisait allusion. Oui elle ne pouvait que comprendre ses réticences et ses craintes ; après avoir été si seule, replonger dans le tourbillon perpétuel de leur mère allait être difficile. Même leur père ne le supportait pas et prétextait avoir trop de travail afin de rentrer le plus tard possible chez lui.

Eléora posa une main sur le bras de sa sœur, en murmurant :

— Il n'y a pas que ça…

Elle resserra sa prise, sans même s'en apercevoir, ses doigts se crispant sur le fin poignet. Axelle grimaça sans que sa sœur ne le remarque :

— Tu sais de quoi je parle, ne fais pas l'idiote ! Comment vais-je le gérer ? Lui et... Elle ? fit-elle tout en montrant leur cyclone maternel d'un mouvement du menton.

La plus jeune dégagea doucement son bras, tout en chuchotant :

— C'est vrai que ça ne va pas être coton à expliquer ton histoire...

Elle réprima un gloussement, sous l'œil agacé d'Eléora. Cette dernière allait répliquer lorsque leur mère se planta devant elles.

— Franchement Lora, tu aurais pu commencer à rassembler tes affaires, tu es appareillée à présent, tu n'as aucune excuse pour ne rien faire !

Les deux sœurs se dévisagèrent. Eléora baissa la tête, s'empêchant de répliquer. Cela ne servirait à rien, alors à quoi bon lui dire qu'elle avait beaucoup de difficultés à s'agenouiller, que certains mouvements lui causaient des douleurs sous forme d'atroces décharges électriques. D'après les médecins, la cicatrisation de son moignon n'était pas tout à fait terminée. Elle mettrait encore de longs mois pour se faire, il fallait qu'elle soit patiente. Sans doute ces douleurs iraient en diminuant, les nerfs s'habitueraient à la compression par la prothèse. Le sans doute était à noter et n'avait pas échappé à la jeune fille. De toute façon, elle avait suffisamment potassé le sujet sur internet, pour savoir qu'elle pouvait s'attendre à conserver certaines souffrances. Alors oui, elle aurait en effet pu commencer à ranger ses affaires, bien qu'après une journée de rééducation compliquée par les ultimes ajustements de sa prothèse définitive, faite à ses mesures personnelles, elle n'avait pas eu le courage d'affronter d'autres tourments. Elle avait préféré s'immerger dans un long dialogue avec celui qui hantait son esprit, de jour comme de nuit.

— J'espère que tu ne profiteras pas de ton état pour te reposer sur les autres, hein Lora ! poursuivit leur mère tout en attrapant une pile de livres, qu'elle laissa choir dans un sac de sport.

Eléora sursauta. Elle serra les dents afin de réprimer le cri d'horreur qui ne demandait qu'à jaillir : ses livres, ses pauvres et précieux livres ainsi malmenés.

— Allez Lora, secoue-toi !

La jeune fille, serra un peu plus les mâchoires ; en quoi la remuer comme un vieux tapis poussiéreux allait-il faire avancer la situation ? Elle refusa de se laisser encore une fois maltraiter.

— Je ferai ça demain matin maman, ce soir je suis épuisée.

Sa mère la considéra une seconde, notant ses cernes sans pourtant s'y attarder.

— Nous le sommes tous ! J'ai des copies à corriger et dans une semaine nous partons pour La Rochelle, nous irons chez les Durant, tu sais qu'ils ont une maison de famille là-bas.

Non, bien sûr Eléora ignorait ce détail et s'en fichait à vrai dire.

— Nous, enfin moi, ton père n'a rien cherché évidemment ; nous avons trouvé une maison de convalescence où tu pourras rester tout l'été.

La jeune fille sursauta avant de blêmir. Tout son sang parut se retirer de son visage, faisant ainsi ressortir crûment les cernes bleuâtres entourant ses yeux.

— Quoi ? Mais… Mais personne ne m'avait parlé de ça ! C'est hors de question !

— Ne fais pas l'enfant gâtée tu veux bien ? C'est un établissement spécialisé dans les traumatismes tant physiques que psychiques. Ce sera parfait tu verras.

Eléora se redressa, faisant soudain front. Elle était livide et cette fois c'était de colère.

— En aucun cas, je n'irai là-bas. Je suis majeure et je peux te dire que vous ne m'enfermerez pas dans un tel endroit. No way. J'ai bien d'autres plans pour l'été crois-moi.

— Ne me parle pas sur ce ton et sois plutôt reconnaissante de tout ce que nous faisons pour toi ! Et ne sois pas ridicule, tu es handicapée, il serait temps que tu le comprennes. Donc les « plans » que tu pouvais avoir lorsque tu étais valide, oublie-les.

— Crois-moi, si par hasard mes douleurs me faisaient oublier ce fait, tes réflexions me le rappelleraient très vite, donc aucun souci pour que je l'oublie. Mais t'inquiète, mes plans ont complétement pris en compte mon état actuel.

— Écoute Lora, la réservation dans cet établissement est faite, tu y seras très bien. Tu pourras rencontrer des psys qui seront capable de t'aider à surmonter ce traumatisme.

La jeune fille soupira, sa colère refluait, laissant place à une fatigue pleine d'amertume.

— Maman, laisse tomber je vais bien, je n'ai en aucun cas besoin de psys. Je vais aller passer l'été en Caroline du Nord, mon visa est déjà prêt.

De surprise sa mère resta une demi-seconde bouche bée :

— De quoi ? Où ça ?

— Je vais aller marcher dans les Appalaches.

— Mais non, c'est impossible ! Tu ne peux pas partir comme ça le nez au vent ! Tu es inconsciente !

— Je suis à la fois adulte et très consciente justement de mes limites, alors cesse de me rabaisser sans arrêt.

Elle ajouta d'un ton à la fois ferme et définitif :

— De toute façon je n'irai pas seule.

— Qu'est-ce que tu racontes ?

Axelle se mordit la lèvre, son regard passant de sa sœur, image même de la détermination, à leur mère furieuse qu'on lui tienne tête. Ça y est la scène, inéluctable et digne d'une pièce de Corneille ou Racine, allait se jouer là, maintenant… Tout de suite… Elle aurait préféré, et de loin, ne pas y assister.

— Juste la vérité, qu'elle te plaise ou pas peu importe. Je pars mi-juin pour les États-Unis avec…

Elle s'interrompit un instant, prit une respiration comme si elle plongeait en apnée dans une eau profonde et un peu trouble. Là-bas, derrière la fenêtre, le mélèze grattait la baie vitrée du bout de ses branches couvertes de promesses d'un vert pétillant, semblant l'encourager à poursuivre.

— J'ai rencontré quelqu'un, un Américain, il travaille ici en Europe et il m'a proposé de l'accompagner chez lui.

— Tu es d'une inconscience qui frise l'ineptie ma p'tite ! Comment as-tu pu rencontrer qui que ce soit, tu es enfermée ici depuis presque un an !

— Cela ne te regarde pas vraiment, mais c'est un fait. Il s'appelle Clint.

Chapitre 29

Elle s'assit, ou plutôt se laissa choir sur un gros rocher tout chauffé par le soleil, soufflant à la fois de fatigue et de plaisir. La vue qui s'étendait devant eux valait en effet de s'y attarder. Elle fit glisser les bretelles de son sac à dos, le posant dans l'herbe drue. Elle s'étira afin de soulager ses épaules moulues, tout en songeant qu'on dit toujours qu'il n'arrive que les choses auxquelles on n'a pas pensé. Eh bien « on » avait tort ! Cette affirmation était, au moins dans son cas, tout à fait fausse, peut-être est-ce la fameuse exception qui confirme la règle ?

Elle avait, en effet, rêvé des dizaines de milliers de fois à leurs retrouvailles, à ces journées où ils seraient seuls sur les sentiers parcourant la montagne. Elle en avait échafaudé mille scenarii. Aujourd'hui, elle était là et tout était comme elle l'avait imaginé. En mieux.

Un vent encore frais parcourait la forêt agitant les cimes des grands pins. Elle eut une pensée fugitive pour le mélèze de l'hôpital, qui l'avait accompagnée et soutenue durant toute son hospitalisation. Sa seule présence avait été une source de réconfort dans le chaos de souffrance que sa vie était à l'époque.

Elle respira une longue goulée de cet air porteur des senteurs d'humus, de résine et de renouveau. Elle étendit ses jambes devant elle, ses deux jambes la biologique et l'artificielle. Machinalement elle frotta son genou droit, avant de reporter son attention sur le paysage. Ici tout était tellement impressionnant, à croire que l'horizon lui-même était plus vaste, plus grand.

Elle fouilla dans l'une des poches de son short en jeans afin d'en tirer une barre de céréales. Elle la grignota du bout des dents, tout en laissant son regard errer sur l'immensité faite de montagnes et de forêts. Un sac atterrit à côte du sien, tandis qu'une main, un peu rude, lui effleura l'épaule avec une douceur surprenante.

— Alors tout va bien ?

La voix était à la hauteur de la rudesse de la main. La jeune fille se retourna, lançant un sourire qui l'illumina toute entière.

— Oui, parfaitement.

Elle mâchouilla sa barre, trop sucrée, avant d'ajouter :

— Rien ne ressemble à l'Europe ici. Tout est si grand. Aussi loin que porte le regard on ne voit ni maison, ni village, ni route… C'est presque effrayant !

Il haussa une épaule.

— Maintenant que tu le dis, c'est vrai. Je n'avais jamais fait attention ! Tu as raison en Europe villes et villages semblent se toucher, c'est sans doute ce qui donne cette apparence de petitesse et de douceur aussi. Chez toi, du moins en France et en Allemagne, les paysages sont façonnés par l'homme, même en montagne. Ici on a beaucoup modifié, toutefois pas partout, pas ici en tout cas.

Il sortit une bouteille d'eau de son sac et la lui tendit avant de s'hydrater à son tour. Une fois la bouteille rangée, il se pencha vers elle l'attirant contre lui. Il embrassa sa nuque tendre, perlée de transpiration due à l'effort ainsi qu'aux températures douces de ce mois de juin.

— Je suis tellement heureux que tu sois là…

Elle tourna la tête, lui renvoyant un sourire qu'elle ne réservait qu'à lui seul. Elle chercha ses lèvres, ne résistant pas au plaisir de l'embrasser. Il avait été si frustrant de ne pouvoir le faire à leur guise et cela pendant de trop longs mois, qu'elle essayait de compenser tous ces moments de solitude.

Il serait bien resté là toute la journée, à ne faire que l'embrasser et respirer son odeur imperceptiblement fleurie. Cependant, s'ils voulaient rejoindre le prochain refuge, ils ne pouvaient pas prendre trop de retard. Il se redressa, jeta un coup d'œil au soleil encore haut dans le ciel. À cet instant, un rayon vint s'accrocher sur l'acier de la prothèse d'Eléora, la faisant étinceler comme un joyau. Il se releva tout en gardant sa main dans la sienne. Il l'aida d'un seul mouvement à se mettre debout, tentant de maîtriser son émotion : il était si fier d'elle. Elle était là, en short court et sexy, les cuisses déjà brunies par l'air des montagnes, le regard pétillant d'une joie de vivre qu'il ne lui avait pas encore vue. Surtout, elle assumait sa différence avec un petit air rebelle qu'il adorait. Elle craignait sans doute encore le regard des autres, malgré cela, elle s'efforçait de ne pas se laisser dicter sa vie par ce seul fait. Quelques mois auparavant, elle aurait pensé qu'exhiber sa prothèse n'était pas la solution afin de retrouver une vie « normale ». Aujourd'hui, elle savait que la normalité n'était qu'un leurre. Sans Clint elle aurait sans doute continué à tenter de retrouver celle qu'elle était avant. Cette quête ne pouvant que la conduire à un désastre :

elle ne serait plus jamais celle qu'elle avait été. Il fallait juste qu'elle découvre qui elle était à présent. Assumer ce qui était survenu : accepter son apparence actuelle était le premier pas.

Alors lorsqu'elle avait préparé sa valise pour ce voyage, avait-elle jeté pêle-mêle shorts, tee-shirts et bikinis, s'obligeant à ne sutout pas remettre en cause le bien-fondé de ces choix : après tout, l'été, n'est-ce pas les vêtements qu'elle portait ? Elle refusait de penser que voir sa prothèse pouvait être quelque chose de dérangeant pour Clint. Si cela dégoûtait les autres, elle se pensait assez forte à présent pour passer outre. Seul le regard du soldat lui importait. Lorsqu'un peu hésitante, bien que fermement résolue, elle avait enfilé son short en jeans pour la première fois, profitant de l'une de ces journées aux températures délicieuses, annonciatrices de l'été, elle avait serré les dents afin de descendre l'escalier menant à la salle principale.

La maison du grand-père de Clint, tout en fustes centenaires, se résumait à une grande pièce au rez-de-chaussée et à quatre chambres à l'étage, auxquelles on accédait grâce à un large escalier aux marches en chêne rouge. Une main sur la rampe afin de trouver un peu de stabilité, elle était descendue marche après marche, le pas plus assuré que ce qu'elle ressentait. Aux grincements caractéristiques de l'escalier, les deux hommes assis autour d'une longue table recouverte de cartes, avaient levé la tête dans un bel ensemble. Ils avaient tous deux le même regard brun et pour l'heure une semblable stupéfaction était venue les traverser. La jeune fille avait continué à descendre, avançant un menton têtu et fronçant les sourcils, affirmant par cette seule attitude qu'elle n'aurait plus honte de ce qu'elle était. Clint avait cru que son cœur éclatait. Tellement d'émotions, tellement de fierté, tellement d'amour le submergeaient. Jamais, il n'avait connu la puissance dévastatrice d'un tel sentiment, jamais il n'avait espéré ou seulement pensé l'éprouver.

Sans même réfléchir il s'était levé d'un bond, repoussant sa chaise si brusquement qu'elle s'était renversée sur le parquet dans un bruit dissonant auquel nul n'avait prêté attention. Allant à sa rencontre, il avait grimpé en deux bonds les quelques marches restantes avant de la prendre dans ses bras. Elle était si incroyable, si courageuse, si forte et si fragile en même temps. Comment aurait-il pu rester insensible ? Personne ne le pouvait ! Même son grand-père, pourtant vétéran de toutes les guerres depuis sans doute celle d'Indépendance, avait senti ses yeux s'humidifier.

Quand Clint l'avait serrée contre lui, si fort qu'elle avait cru y laisser deux ou trois côtes, ou au moins aurait-elle quelques muscles froissés, elle avait compris qu'elle avait eu raison, et ce sur bien des points. Raison de faire confiance à Clint, raison d'avoir eu foi en lui, raison de s'être bousculée afin d'assumer ce qu'elle était.

Aujourd'hui elle était là, arpentant les sentiers sillonnant les montagnes, fière d'elle-même, de pouvoir à nouveau marcher, de sentir le vent emmêler ses cheveux, de respirer cet air chargé de senteurs de résine et d'humus, heureuse d'éprouver sous son pied la dureté des cailloux ou la souplesse des sous-bois couverts de tapis de mousse ou de feuilles. Aujourd'hui était une victoire et peu importait le regard approbateur ou pas des éventuelles rencontres faites au détour des chemins, seul comptait son regard à lui, à lui seul.

Main dans la main, ils avaient arpenté les sentes parcourant la chaîne des Appalaches, lui, avide de lui montrer cette nature encore sauvage qu'il aimait par-dessus tout, elle, heureuse de le suivre, à présent qu'elle le pouvait. L'hôpital semblait si loin, sous cet épais couvert de cèdres rouges et d'épicéas. Un cerf bondissait à leur approche tandis qu'au loin le tac-tac régulier d'un pic poursuivant son lent travail de foreuse, résonnait dans tout le bois.

Chapitre 30

Le temps ne peut cependant pas être freiné. Les semaines furent trop courtes, parmi les plus heureuses de leur vie ? Qui pouvait affirmer une telle chose ? Elles furent pleines, débordantes même, entre découvertes, tendresse et rires et c'était suffisant. Aujourd'hui, ils étaient à nouveau dans un aéroport. Alors que quelques semaines auparavant elle ne rêvait que d'un tel lieu, ce matin elle tremblait à la seule idée de monter dans un avion.

Ces derniers mois, elle avait focalisé toutes ses pensées sur ce moment où, traversant l'un des halls immenses de Roissy Charles de Gaulle, bousculée par une foule pressée, elle le verrait soudain. Il se tiendrait là, son sac en toile posé à ses pieds, sa carrure seule et son uniforme aussi sans doute, dissuadant toute bousculade. Les gens s'écouleraient autour de lui tel un troupeau de gnous s'écartant d'un lion feignant une sieste. Son regard brun, incisif sous sa casquette camouflée, parcourant le flot des voyageurs, il accrocherait soudain le sien, pourtant perdu dans cette marée humaine. Sans savoir comment, elle serait dans ses bras, le souffle coupé, le cœur trépidant et peu importerait du monde et de l'univers.

Elle s'était aggripée à cette espérance avec l'énergie du désespoir, son retour chez elle, dans sa famille, n'ayant pas été celui qu'elle escomptait. Seuls ses rêves l'avaient maintenue en vie et ce au sens propre. Il lui avait promis qu'il l'emmènerait chez lui, en Caroline du Nord, et c'est bien ce qu'il avait fait. Pour une fois, pour une rare et incroyable fois, tout s'était déroulé comme dans ses rêves. Il était là, sa solide silhouette figée au milieu de ce hall, l'attendant elle, et nulle autre. Un sourire avait illuminé son visage rude, qui l'espace d'une seconde, avait perdu de sa brutalité. Lorsque son regard s'était vissé dans le sien, elle avait vacillé si fort qu'elle avait cru tomber et cela n'était en rien dû à sa prothèse, mais bien la faute aux battements furieux de son cœur.

Elle avait cru que ce moment n'arriverait jamais, pourtant aujourd'hui elle était là, à nouveau avec lui dans le hall d'un aéroport pensant à toutes ces semaines, à toutes ces heures passées ensemble. Elle ne pouvait s'imaginer respirer loin de lui, ne plus sentir ses doigts serrer les siens ou son souffle effleurer sa nuque. Ne plus entendre son rire résonner sous le couvert d'un sous-bois, ne plus le voir s'ouvrir et retrouver peu à peu son âme tendre, celle qu'il devait avoir avant, bien avant de s'engager et d'obéir à des ordres qui l'avait transformé en cet être dur qu'il n'était pas.

Il serrait ses doigts entre les siens, son regard rivé à elle, indifférent à la foule, indifférent à tout. Au travers de son tee-shirt elle percevait les coups sourds de son cœur, en écho presque parfait du sien. Elle ne voulait pas partir, rentrer en France, retrouver cette vie qui n'était pas la sienne. Elle ne souhaitait que se lover entre ses bras, fermer les yeux et laisser le monde s'écrouler. Hélas son visa prenait fin ; elle devait d'autre part trouver un petit boulot afin de financer ses études et ne plus dépendre de ses parents. Les revenus générés par son blog étaient insignifiants, il lui fallait trouver autre chose de bien plus rentable si elle voulait obtenir un Master.

Parce que rêves et envies ne suffisent pas toujours, il dénoua leurs mains enlacées, trouvant la force de l'envoyer loin de lui. Elle se tourna vers les services de police, hésita avant de se jeter à nouveau contre lui, s'accrochant à son cou, le corps secoué de sanglots.

— Eh chut, tout va bien aller... My sweetheart... murmura-t-il en la serrant dans ses bras, tout autant effrayé et anéanti de la laisser partir, qu'elle pouvait l'être de s'en aller. Dans quelques jours, je retourne en Allemagne et toi tu reprendras tes cours, mais je te jure que rien de tout ça n'est définitif. Très bientôt nous serons ensemble et rien ne viendra nous séparer. Je te le promets !

Plus doucement encore, il avait ajouté, glissant ces mots dans le creux de son cœur :

— Je t'aime et rien ne viendra changer ce sentiment, je t'aime et je ferai tout pour que nous soyons ensemble, tu peux me croire, et si tu ne me crois pas, crois Goethe : « Parfois, notre destin ressemble à un arbre fruitier en hiver. Qui penserait que ces branches reverdiront et fleuriront, mais nous l'espérons, nous le savons. »

Alors elle les avait crus, lui et Goethe. Elle avait réussi à trouver assez de force dans ses paroles pour tendre son passeport au contrôle ; chacun de ses pas l'emmenant loin de lui semblait une énormité. Réapprendre à marcher après son amputation lui parut somme toute beaucoup moins douloureux que de devoir laisser l'homme qui justifiait pour elle que le soleil se lève et que cette planète tourne sur elle-même.

En rentrant elle avait eu la bonne surprise de trouver des réponses à ses demandes afin d'intégrer la Faculté des Lettres située à

Strasbourg. Elle avait postulé pour la plupart des cursus de lettres disponibles dans l'Est. Elle avait reçu une réponse l'acceptant en Master Lettres - Sciences du langage. Elle n'avait aucune idée de ce qu'elle voulait faire plus tard, alors cette fac ferait son affaire. Cela avait le mérite de l'éloigner d'Auvergne, de sa mère plus autoritaire que jamais, de son père inconsistant, et de la rapprocher de Clint.

Elle ne lui avait rien dit, préférant attendre. Attendre de savoir comment ils s'entendraient au jour le jour d'une vie réelle, attendre de connaître les retours positifs ou non des universités.

Assise sur une chaise en fer forgé, les coudes appuyés sur une table assortie, elle relut encore une fois le courrier, le cœur trépidant. Elle prit une longue inspiration son regard se perdant sur la chaine des Puys qui s'étendait dans un panorama à la fois impressionnant et apaisant. Elle s'appuya contre son dossier, faisant grincer les pieds de la chaise sur les lattes en bois de la terrasse. Ses doigts fins serrant presque convulsivement le papier, elle savait que sa vie, une fois encore, prenait une tournure inattendue. Un an déjà que le destin s'était joué d'elle, la privant de Noah, le privant de sa vie. À présent, c'est bien loin de ses montagnes, si rassurantes avec leurs rondeurs et leurs prairies parsemées de Salers rousses, que son futur, cet avenir flou et imprévisible, semblait vouloir l'entraîner.

Alors qu'elle reprenait une bouffée d'espoir se demandant vaguement quel auteur et quelle citation Clint aurait bien pu lui servir, ce qui la fit sourire, sa mère arriva en trombe. Ses talons claquaient, secs et réguliers sur l'allée en pavés, tandis que le cœur de la jeune fille s'affolait. Ce n'était pas une musique rythmée comme les à-coups du pic vert croisé dans les Appalaches, non c'était autant de coups de poignards.

— Tiens tu es là Lora ? sembla s'étonner sa mère.

Eléora repoussa sa mèche mauve et rebelle, tritura l'enveloppe avant de lâcher d'un ton brusque :

— Où veux-tu que je sois, puisque tu refuses que je prenne la voiture !

— Avec ta jambe ? Voyons sois un peu raisonnable !

La jeune fille serra un peu plus fort le courrier dans sa main, repoussant la réponse abrupte qui ne demandait qu'à jaillir. Elle respira, reportant son attention sur le paysage. Là-bas, le sommet en pain de sucre du Puy de Dôme semblait protéger toute la ville blottie à son pied alors que, plus proche, la haie de lilas et le grand tilleul frémissaient sous une brise imperceptible. Une coccinelle portée par cet air léger, atterrit sur ses doigts aux phalanges blanchies par le contrôle qu'elle s'imposait. La bête à bon Dieu crapahuta sur cette matière souple, inconnue, l'éprouvant du bout des pattes avec un courage et un esprit de conquête qui aurait fait pâlir les plus prestigieux explorateurs. Eléora s'efforça au calme afin de ne pas effaroucher le petit insecte aux élytres rouges, ce qui lui permit du même coup de faire refluer son irritation. Elle reporta son attention sur sa mère, remarqua ses lèvres pincées, qui à force de l'être commençaient à se marquer de fines ridules.

Une sorte de calme l'envahit. La coccinelle s'envola alors, comme si elle avait rempli son rôle. Elle profita de la brise, avec une certaine nonchalance, pour soulever son corps rebondi. Eléora la suivit une seconde du regard, avant de repousser sa chaise et de se lever, s'aidant sans avoir besoin d'y réfléchir, de l'appui de la table. Elle reporta ensuite son poids sur ses deux jambes. Les longues heures passées à crapahuter dans les montagnes ayant été la meilleure thérapie qu'il soit, puisqu'à présent sa prothèse n'était plus le symbole horrifique de son handicap, mais tout au contraire, elle était devenue une sorte de part d'elle-même. Sans elle que serait-elle ?

Ses muscles fonctionnaient à présent sans effort dans un mécanisme bien huilé. Elle espérait bien, d'ici peu, pouvoir reprendre le footing pour concrétiser un rêve et une promesse : battre Clint à la course !

Pour l'instant, la lettre d'admission toujours serrée dans son poing, elle dévisagea sa mère avant de laisser tomber d'un ton presque froid :

— À la rentrée, je vais intégrer la Faculté des Lettres de Strasbourg en Master 1. Donc excuse-moi, je n'ai pas de temps pour discutailler, je dois régler des détails administratifs, trouver une colloc' et un boulot.

Elle s'apprêtait à rentrer dans la maison lorsque sa mère l'agrippa par un bras d'une main, telle une serre.

— Qu'est-ce que tu racontes ? Tu es folle ! Qu'est-ce que tu veux aller faire en Alsace, franchement, tu es ridicule.

— Je vais aller étudier, voilà tout. Maintenant lâche-moi.

D'un mouvement sec, elle se dégagea. Sa mère, furieuse, lança d'un ton à la fois moqueur et débordant de ressentiment :

— Tu vas là-bas pour rejoindre cet Américain ?

L'inflexion qu'elle mit dans ce simple mot fut presque une insulte. D'une voix glaciale, elle ajouta :

— Qu'espères-tu de ce type ? Tu es handicapée, mets-toi bien ça en tête, personne ne souhaite être avec quelqu'un comme toi, à qui il manque une jambe ! Regarde-toi... Qui voudrait voir le spectacle gerbant de ton moignon ? Qui ? Je peux te l'affirmer : personne ! Ce type se fout de toi ! Je te dis ça pour te rendre service ma fille, vois un peu les choses en face plutôt que de vivre dans des rêves infantiles !

La violence des propos, le ton employé, frappèrent la jeune fille de plein fouet. Elle crispa ses doigts sur la lettre. Le simple contact du papier froissé la revigora. Elle releva le menton en un geste de défi, son regard printanier traversé d'éclairs orageux.

— Pense ce que tu veux, ça ne m'atteint même pas. Je vais faire mes propres expériences et je verrai ce qui se passera.

C'est ce qu'elle fit. Malgré les réflexions acerbes de sa mère, celles fatiguées de son père et les regards abattus de sa sœur. Axelle savait qu'il était important pour son aînée de partir, de sortir de ce milieu à la fois trop sécurisé et trop effrayé par ce qu'il lui était advenu. Pourtant, elle ne pouvait s'empêcher d'éprouver une profonde tristesse : elle réalisait que ce départ était définitif. Il était une porte se fermant sur leur enfance pour s'ouvrir sur une part de la vie d'Eléora où elle ne serait plus l'un des personnages principaux. Tout au plus une courte apparition même si cette dernière l'assurait du contraire. Elles savaient toutes deux que la distance et la vie allaient inéluctablement distendre leur lien, malgré toute leur volonté.

Un matin Eléora monta dans une voiture trouvée sur un site de co-voiturage. Elle déposa dans le coffre un sac de vêtements et un autre de livres, tout ce dont elle avait besoin dans sa vie, en dehors de Clint. Elle serra sa petite sœur dans ses bras, à la fois affligée et excitée par ce départ. Une fois qu'elle aurait claqué la portière c'est tout un pan de sa vie qui se fermerait par la même occasion. Elle le savait. C'est pourtant sans regret qu'elle prit place sur le siège passager de la petite Renault, avec une souplesse telle, que le conducteur ne soupçonna jamais ce que cachait son jeans.

Elle s'installa dans un appartement en collocation avec d'autres étudiants, ayant trouvé un travail de correcteur pour une petite maison d'édition qui lui permettait de payer son loyer sans avoir à accepter un poste que son handicap aurait rendu pénible. Là, elle pouvait travailler depuis chez elle, s'arranger avec ses heures, bref s'organiser comme bon lui plaisait. Cette liberté lui donna des ailes. Elle aborda cette nouvelle année dans un tout autre état d'esprit que la précédente. Noah lui manquait, sans doute lui manquerait-il toute sa vie tout comme sa jambe droite lui ferait défaut. Cependant de la même manière, elle avait réappris à vivre et à marcher, sans lui, sans sa jambe. Et puis il y avait Clint. Il n'était pas une prothèse, il n'était pas une jambe de remplacement : il était celui dont elle avait toujours rêvé ; si Noah avait été son meilleur ami, Clint était bien son âme sœur, elle le savait à présent.

Ils s'installèrent alors dans une relation plus apaisée, lui de son côté du Rhin et elle de l'autre. Ils se voyaient si ce n'est lorsqu'ils le voulaient, du moins pouvaient-ils vivre une relation qui ne soit pas que virtuelle. Deux ans plus tard elle avait obtenu son Master.

Sachant combien ce jour de juin, cette nuit où elle avait perdu son ami et sa jambe, était une date compliquée il s'ingéniait à lui inventer des surprises. La première fois, il lui envoya le roman de Cecelia Ahern « I love you », tout autant pour le titre que pour le message transmis par le livre lui-même. Il n'était en rien un spécialiste de chick-lit, mais il savait faire des recherches sur le net ! Le geste la toucha, plus qu'il ne le crût, la rassurant sur ses sentiments ainsi que sur les siens propres, affermissant sa décision de passer plusieurs semaines avec lui pour la première fois.

L'année suivante, le facteur déposa un paquet que l'un de ses collocs récupéra et stocka devant la porte de sa chambre. Lorsqu'elle rentra de ses cours, elle buta presque dessus. Tenant son sac débordant de cours et de livres d'un côté, elle cala le carton sous son autre bras, poussant la porte d'un coup d'épaule. Elle laissa tomber son sac en vrac sur le lit. Dossiers et livres s'en échappèrent sans qu'elle y accorde la moindre importance. Elle avait reconnu l'expéditeur à l'écriture ferme et particulière du sergent. Avec la fébrilité presque puérile d'une enfant au matin de Noël, elle déchira le papier kraft. Comme à chacun des anniversaires de cette nuit, elle avait si mal au cœur qu'elle était prise de nausées. Personne ne semblait comprendre son désarroi, sauf Clint. Sans doute parce que lui aussi vivait les mêmes affres ce jour où Chad avait pris cette grenade à sa place. Du carton elle sortit une simple boite en fer blanc arborant couleurs et logo d'une marque de corn flakes. Quel était ce présent vraiment étrange ? Des céréales étaient censées lui remonter le moral ?

Elle ouvrit le couvercle y trouvant une feuille pliée en deux, sur laquelle étaient tracés ces simples mots :

« Tous ces derniers mois je n'ai pas cessé de penser à toi, chaque jour. C »

Rien de plus. C'était un mot assez adorable en lui-même, pourtant justifiait-il un colis ? Sans doute pas. Elle secoua la boite lorsque soudain, des dizaines et des dizaines de papiers soigneusement pliés se répandirent sur son dessus-de-lit en patchwork. La main un peu tremblante elle en piocha un, au hasard, et le déplia. Elle lut, l'esprit et le cœur tremblant à leur tour.

Il y avait une date : 16 novembre

« La pluie tombe encore froide, mais peu importe je viens d'entendre ta voix et mon ciel est ensoleillé. »

Fébrile, elle prit un autre mot :

Une autre date, écrit d'une main hachée sur un papier de hasard :

« Je sécurise un transport, et ton sourire m'accompagne. »

Sur un bout déchiré d'un billet d'avion :

« Je rentre en Allemagne et je suis heureux, bientôt je pourrai à nouveau te serrer dans mes bras. Rien d'autre ne compte. »

Sur la page arrachée d'un carnet :

« Je rêve de notre nuit passée, de mes mains sur tes hanches, si douces : comment me concentrer à présent ? »

Toutes ces pensées dérisoires et fondamentales, s'étalaient là sur les couleurs contrastées du dessus-de-lit, tandis que la jeune fille avec une sorte d'avidité frénétique, ouvrait et lisait chaque mot. Il avait rédigé un message, jour après jour tout au long de l'année. Plus elle les parcourait, plus elle vacillait. Des larmes, d'un trouble qu'elle ne pouvait contenir, roulaient sur son visage encore trop fin, mais elle ne les sentait même pas. Elle s'aperçut qu'elle pleurait lorsqu'une grosse goutte salée s'étala sur un mot, diluant l'encre en traînées d'émotion. D'un geste sec, contrarié, elle s'essuya les joues sans interrompre sa lecture. Elle y passa des heures, moitié riant moitié sanglotant, et rien n'aurait pu la réconforter autant en ce jour si déchirant, que cette dose d'amour si chaud qu'elle aurait pu s'en envelopper comme dans le plus douillet et le plus réconfortant des plaids.

Chapitre 31

À la fin de son Master, après deux ans passés à Strasbourg, Eléora adorait encore étudier et se passionnait un peu plus pour le français. Elle raffolait toujours de bonnes lectures et tenir son blog lui était fondamental. Cependant, ce qu'elle aimait par-dessus tout c'était bien Clint. Avec une énergie fracassante il était devenu le centre de son monde, son pivot. Alors, lorsqu'il fut appelé à Fort Bragg en Caroline du Nord, pour l'instruction de commandos, elle ne réfléchit même pas.

C'était une évidence : nul besoin de passer des nuits à peser le pour ou le contre. Sa décision fut prise le temps d'un clignement d'oeil et d'un sourire. Il le vécut de la même manière, tout entre eux n'était que certitude et rien ne pourrait venir entraver cet état inéluctable. Il lui proposa de venir avec lui, de vivre avec lui, de partager sa vie pour le meilleur et pour le reste aussi, en espérant que ce reste ne surviendrait jamais…

Leur mariage fut célébré sans grande pompe dans sa base, béni par l'aumonier de son bataillon. Tout son régiment était cependant là, en grande tenue avec veste à épaulettes dorés, plantalon bleu au pli impeccable et bande jaune aux côtés. Lui se tenait debout dans la chapelle, le regard rivé sur la porte qui bientôt s'ouvrirait sur elle. Dans un souffle le vantail fut rabattu, ce fut comme si un rayon de soleil entrait en même temps qu'elle. Elle avait posé sa main fine, gantée de blanc, sur le bras du Capitaine qui avait accepté de la conduire à l'autel, puisque son père avait refusé de le faire. Seule Axelle, souriante et émue était présente. Ses parents n'avaient pas jugé bons d'effectuer le déplacement. Sans doute sa mère avait-elle des copies à corriger et son père des chantiers, activités tellement plus importantes que d'assister au mariage de leur fille. Mais Axelle était là, seule robe claire parmi les uniformes sombres, et c'était parfait ainsi. Le regard rivé dans celui de Clint, à la fois tremblante et si sûre d'elle, elle avait remonté toute l'allée, sa robe blanche froufroutant soyeusement à chacun de ses pas.

Toute la cérémonie se déroula dans une sorte de rêve cotonneux, dont elle ne garderait comme souvenir que le regard intense de Clint, ses lèvres sur les siennes et cet anneau d'or à son doigt.

Après leur mariage, condition *sine qua non* afin de demeurer aux Etats-Unis, elle s'installa avec lui dans cette vie de femme de militaire avec une joie gourmande mêlée d'appréhension. Tout était nouveau et quelque part inconnu. Toutefois, il était inutile de redouter quoi que ce soit. Les autres femmes de soldats vivant sur la base, s'ingénièrent à l'entourer, à lui rendre la vie plus simple et peut-être plus heureuse. Elles savaient tout des difficultés que la jeune française avait à surmonter. Sans doute les avaient-elles, elles-mêmes, éprouvées. Clint n'était ni stupide ni naïf, il en était très conscient lui aussi. Comment pourrait-il la remercier de laisser sa famille, son pays, son mode de vie ? Pour lui ? Uniquement pour lui… Il n'aurait pas assez de toute une vie afin de lui prouver son amour et sa reconnaissance. Alors, il s'ingéniait à lui offrir la vie la plus agréable qu'il pouvait.

Cependant de sa gratitude elle n'en n'avait cure : tout ce qu'elle voulait, du plus profond de son cœur, c'était le voir heureux, c'était le voir rire ; c'était sa tendresse, son amour.

Et un chien peut-être aussi… Ou deux !

Alors il éclatait de rire, lui promettant qu'elle aurait un chien, un gros, capable de la suivre dans ses longs footings quotidiens qui lui étaient devenus une drogue. Une manière de se prouver que son handicap n'en n'était pas un. Un gros poilu qui veillerait sur elle lorsqu'il ne serait pas là pour le faire. Il ne s'illusionnait pas, il était pour l'instant bien au chaud dans cette base, mais cela ne durerait pas. Un jour ou l'autre, il quitterait l'instruction et serait envoyé dans un coin du globe afin de porter la mort au nom de son pays. C'était son métier, il l'acceptait. Le plus dur serait de la laisser derrière lui. Alors oui peut-être qu'un chien, ou deux, n'était pas une si mauvaise idée…

Ils connaissaient ainsi une phase de leur relation pleine d'une maturité sereine, d'une confiance aveugle et d'une admiration réciproque sans limites. C'était un amour chaud, solide et durable qu'ils avaient réussi à bâtir à partir d'un simple et anodin Tweet.

Parce que tout ce qui comptait pour lui était de la voir sourire, il faisait tout pour la rendre heureuse. Il savait combien l'éloignement avec sa famille, en particulier sa jeune sœur, était difficile pour elle. Elle se retrouvait seule dans un endroit où même parler sa propre langue lui était impossible. Alors, il tentait de lui ménager des surprises. Ce jour-là, il lui demanda d'un ton nonchalant de l'accompagner pour une simple course. Il avait pris un demi-jour de congé ce qui n'était pas dans ses habitudes. Elle ne posa pas d'avantage de questions, après tout, la situation qu'ils vivaient aurait pu sembler commune à bien des couples, mais pour eux tout était neuf, tout n'était que bouleversement, surtout à présent.

Alors elle grimpa dans l'imposant pickup qu'il venait tout juste d'acheter, parce que tout Américain digne de ce nom se doit d'avoir un pickup pour sa famille. Il avait dit cela tout en lui décochant un clin d'œil, entraînant son agrément à l'achat du monstre automobile. Pourtant avait-il tort ? Pas tout à fait. Un tel 4X4 semblait bien pratique pour y caler tout le bazar familial ainsi que… des chiens !

Le gros véhicule d'un retentissant rubicond se tenait donc depuis quelques semaines devant leur petite maison avec une certaine prestance, elle devait bien l'admettre. Elle resserra en frissonnant sa veste en jeans, l'été subtropical était bel et bien passé. Une nouvelle saison s'annonçait. Que serait-elle ? Elle l'ignorait encore et peu lui importait, du moment qu'elle avait assez de lecture et l'épaule de Clint pour s'y musser tout en lisant.

Elle claqua la portière en s'installant sur le fauteuil en cuir, massant sans y penser son genou droit qui supportait assez mal tout changement saisonnier. Clint lui renvoya un coup d'œil, accompagné d'un demi-sourire plus joyeux, voire énigmatique, qu'une simple virée pour un choix d'ameublement nécessitait. Ils quittèrent la zone résidentielle du Fort et s'engagèrent bientôt sur l'imposante autoroute qui reliait l'immense camp militaire à la ville voisine : Fayetteville. Elle avait été la première ville américaine à arborer le nom du héros français, le Marquis de La Fayette, elle en tirait encore aujourd'hui une certaine fierté. Ils roulèrent quelques minutes, dépassant l'imposant centre commercial de Cross Creek Mall. Eléora fronça les sourcils, tout en poussant une courte exclamation :

— Eh tu as raté la sortie vers le Mall !

Clint lui retourna un regard, mi-amusé migoguenard, poursuivant sa route sans plus d'explication.

Elle savait ce qu'une telle expression signifiait, il ne lui dirait rien et la laisserait se perdre en conjectures ce qui l'amuserait beaucoup. Mais aujourd'hui elle était épuisée, tenaillée par des insomnies et des somnolences diurnes qui mettaient à mal son équilibre. Elle n'était pas d'humeur à rentrer dans son petit jeu. Elle se rencogna dans son fauteuil, fixant le paysage sans rien dire. Elle passa un doigt sur son alliance, surprise comme à chaque fois de la présence du simple anneau en or. Elle haussa une épaule. Oui, elle était bel et bien mariée aussi bizarre que cela lui semblait. Elle jeta à Clint un coup d'œil par en dessous et son cœur bondit comme à chaque fois. Elle soupira, déjà vaincue. Peu importait où il l'emmenait, elle le suivrait les yeux fermés jusqu'au bout du monde et plus loin encore.

Un quart d'heure plus tard, il garait le lourd pickup rouge sur un vaste parking bordé de rangées d'arbres touffus. Des bâtiments et des pistes d'atterrissage indiquaient sans possibilités de confusion où ils se trouvaient : loin de tout magasin de meubles !

Elle lui renvoya un regard interrogateur auquel il répondit par un simple baiser, ce qui était somme toute un excellent raccourci afin d'éluder toute réponse. Ils se retrouvèrent bientôt dans le hall de l'aéroport régional, lui, réprimant un sourire, elle, incertaine et ne sachant pourquoi ils étaient là, à attendre quoi ou qui ?

Elle tenta d'en savoir plus, non pas en questionnant Clint, elle savait par avance que c'était là peine perdue, surtout lorsqu'il arborait ce petit sourire si sûr de lui. Elle préféra s'en remettre à ses propres capacités d'observation. Elle parcourut hâtivement le tableau affichant les avions à l'arrivée, sans que toutefois cela éclaire la lanterne de son incompréhension. Celui qui était annoncé provenait de Charlotte. Qui connaissaient-ils habitant à Charlotte, en dehors des parents de Clint, qui eux ne lui auraient pas provoqué cet air résolument heureux. Donc qui ? Elle songea ensuite que, peut-être, Stan' le grand-père avait quitté ses montagnes et était venu leur rendre visite, bien qu'il semblât improbable qu'il prenne un vol commercial pour ça. Elle en était là de ses cogitations, lorsque Clint l'attrapa par les épaules et la fit pivoter tout en lui glissant un :

— Regarde !

Au milieu de la foule dense des autres passagers, une jeune fille aux cheveux de miel et aux yeux de chat, tirant une lourde valise rose, cherchait visiblement quelqu'un parmi les voyageurs. Soudain, les regards des deux jeunes filles s'accrochèrent. Elles se figèrent une fraction de seconde avant d'éclater d'un même cri de joie qui parut résonner dans tout l'aéroport, voire dans tout le Comté.

Oubliant toutes ses questions, Eléora se précipita en courant vers sa sœur, sans même prendre garde aux personnes qu'elle pouvait bousculer. Peu importait. Les deux Françaises tombèrent dans les bras l'une de l'autre, pleurant, riant, parlant toutes les deux ensemble dans un joyeux mélange d'émotions qu'elles seules pouvaient cerner. Clint les observait, un peu à l'écart, un sourire satisfait brillant dans ses yeux bruns. Sa petite surprise avait atteint son but : rendre heureuse celle qui comptait plus que tout pour lui, dans cet univers et les autres.

Eléora n'en revenait pas, Axelle était là. Cette fille qui pouvait l'énerver et la faire rire dans la même minute. Celle qui avait tout partagé de sa vie, de ses doutes, de ses joies et de ses peurs. C'est elle qui l'avait incitée à suivre l'Américain, contre l'avis presque hystérique de leur mère qui hurlait que sa fille de vingt-trois ans n'allait pas se marier, tout ça pour vivre avec un soldat !

Celle avec qui elle s'était disputée, griffée, à qui elle avait crié toutes les insanités qu'elle pouvait trouver, celle avec qui elle pouvait parler une nuit entière, celle qui était à la fois son âme damnée et son alter ego : sa sœur, son indéfectible meilleure ennemie.

Riant et criant avec une semblable hystérie, elles s'embrassèrent en pleurant :

— Je ne savais même pas que tu venais !

— C'était le but ! Mais tu n'as rien soupçonné ?

— Rien ! Rien du tout !

Elles auraient poursuivi leurs retrouvailles sans plus se préoccuper que ça d'être planté au beau milieu du hall, si Clint ne s'était finalement avancé et n'avait pris d'autorité la valise d'Axelle.

Elles poursuivirent leurs conversation, incompréhensible pour Clint et pas seulement parce qu'elle était en français, des heures durant. Mais peu importe, il avait tout prévu : y compris de travailler !

Il les laissa donc sur la véranda de leur maison, assises sur la balancelle qu'Eléora avait garnie de coussins confortables et multicolores. Il aurait juré qu'elles ne s'étaient même pas aperçues de son départ. Il démarra son pickup en sifflotant, jetant un coup d'œil dans son rétroviseur, le cœur débordant de joie. Avait-il déjà été aussi heureux ? Aurait-il pu rêver de l'être ? Dans les deux cas la réponse était non. Il laissa derrière lui la petite maison en bardeaux blancs, qui bien que simple maison bâtie sur une base, était devenue leur foyer. En trois coups de peintures et deux virées au Mall, Eléora en avait fait un endroit doux et chaleureux dans lequel leur amour pouvait s'épanouir. Elle avait tout de suite aimé cette maison de plain-pied, devant laquelle une pelouse, verdoyante et tendre, s'étirait jusqu'à la route. Un grand pacanier au feuillage vif l'ombrageait, étandant ses branches jusque sur l'allée menant au garage. Un rosier grimpait en liane piquante et fleurie, ensorcelant toute la véranda de ses fragrances colorées. C'était l'endroit préféré de la jeune Française. C'était là, dans cette balancelle qu'elle aimait lire, blottie dans ses coussins, l'esprit et le cœur soudain apaisés.

L'accident et toute cette période qui en avait découlé, semblaient si loin à présent. Aurait-elle pu espérer vivre à nouveau aussi intensément ? Connaître une telle complicité ? Une telle passion ? Bien sûr que non ! C'était presque un miracle, qui la laissait ébahie, jour après jour. Non, elle ne pensait pas pouvoir s'accoutumer au fait de respirer le même air que l'homme qui faisait trembler son cœur. Chaque soir il rentrait, lui racontant les menus faits de sa journée, les recrues qu'il malmenait, tandis qu'elle lui narrait les visites de ses voisines, attentives à ne pas laisser la jeune Française dans un isolement pesant. Comment aurait-elle pu se sentir seule alors qu'il était là ? Alors que son regard brun la dévorait nuit après nuit ?

Oui la décision de se marier avait été folle, celle de le suivre au-delà de l'océan ne l'était pas moins, pourtant, pas une minute elle ne le regrettait. Tout au contraire. Même si sa famille et parfois son pays lui manquaient, elle était comblée. Alors aujourd'hui avoir Axelle, là, avec elle, était un bonheur incommensurable qui se rajoutait à un quotidien plutôt incroyablement heureux.

Chapitre 32

Le week-end venu Clint emmena les deux Françaises pour une virée dans les Appalaches, au chalet de son grand-père. Axelle était ravie et surexcitée par toutes ces découvertes. L'ancien pilote de chasse, son excentricité bourrue et sa maison en fuste brunie par le temps, la fascinèrent dans la seconde.

À la fin du repas, des hamburgers préparés avec minutie par Stan', Clint lança un coup d'œil à Eléora, qui lui renvoya un imperceptible hochement de tête, tandis que son regard printanier pétillait. Il se leva, apportant soudain une sorte de solennité à l'instant. Axelle cessa de glousser, tandis que Stan' se rencognait contre le dossier de sa chaise, sa canette de bière à la main.

— Alors gamin, qu'as-tu à dire ?

— Pas grand-chose, hormis que d'ici peu quelqu'un d'autre t'appellera aussi Grand Pa'…

La nouvelle prit le vieil homme tellement de court, qu'il renversa sa bière sur son jeans et manqua chuter sur le parquet. Il partit dans un chapelet de jurons, avant de se lever d'un bond et de saisir Eléora. Il la serra si fort qu'elle crut étouffer. Axelle comprenant soudain ce que le sous-entendu signifiait, s'exclama à son tour :

— Mais tu ne m'as rien dit Lora !

— À mon tour de faire des cachotteries, rétorqua sa sœur aînée en riant.

Les deux jours passés furent chaleureux, emplis de rires et d'espérance, pour un avenir où un petit être neuf viendrait à son tour arpenter ce monde d'un pas chancelant. Puis, il fallut repartir pour Fort Bragg, laisser Stan' leur faisant des « au revoir » depuis le pas de sa porte. À n'en pas douter, le vieil officier avait le regard mouillé en regardant le lourd pickup rouge s'éloigner sur le chemin en lacets.

Quatre heures de route et ils seraient de retour chez eux... Chez eux, le mot était déjà à lui seul une douceur. Les filles discutaient en français, enveloppant Clint dans un brouhaha mélodique et gracieux qui ne lui déplaisait pas. Une pluie fine et drue tombait sans discontinuer, rendant la chaussée glissante ce qui n'était toutefois en rien un problème pour le lourd véhicule, bâti afin d'affronter bien pire. Soudain la voiture devant eux pila, les feux de ses freins crevant la brume de pluie d'une trainée sanglante. Elle se mit en travers tandis que Clint tentait de l'éviter d'un coup de volant à la fois sec et maitrisé. Le pickup passa à quelques centimètres de la berline, dont ils purent voir les visages terrorisés des passagers. À son tour le sergent écrasa la pédale du frein afin d'éviter de rentrer dans le trente-cinq tonnes qui slalomant d'un côté d'une voie à l'autre, hésitait sur la suite. La pluie aidant, il perdit le peu d'adhérence qu'il avait encore, la remorque entraînant le tracteur vers l'irrémédiable. Le camion se coucha, déversant sur la route tout un chargement de cartons remplis de bières qui se répandirent en giclant.

Avec une habileté éprouvée et un sang-froid durement acquis, il fit louvoyer le pickup entre les obstacles qui jaillissaient devant lui, les dents serrées sur l'espoir de pouvoir stopper leur course folle. Il aurait réussi, en effet, si l'autre voiture n'était pas venue propulser son véhicule l'envoyant s'encastrer dans le camion.

Tout était arrivé si vite, que les deux jeunes filles n'eurent guère le temps de réaliser quoi que ce soit. Eléora ne put que se cramponner à son siège, l'esprit vide, occupé par une seule pensée : « Tout recommence ».

Lorsqu'elle entrouvrit les yeux, avec une difficulté qui rendait le moindre mouvement pénible, elle croisa le regard brun de Clint. Un soulagement immense l'envahit. Elle voulut lui sourire bien que cela se transforma en rictus.

— Ne bouge pas sweetheart, ne bouge pas. Tout va bien.

Elle se sentait flotter, comme si son corps entier était en coton. La sensation en elle-même n'était pas désagréable, étrange oui. Elle sentait un liquide chaud couler sur son jeans tandis qu'une sorte de torpeur l'envahissait à nouveau. Clint penché sur elle, cria quelque chose qu'elle ne saisit pas, mais qui lui fit reprendre pied dans la réalité. Une douleur, diffuse provenait de sa jambe droite. Elle tenta de bouger, cependant, Clint gronda, appuyant de tout son poids sur sa cuisse.

— Reste tranquille, je t'en supplie !

Elle cligna des paupières, repoussant les gouttes de pluie qui inondaient son visage, y laissant des traînées semblables à des larmes. Son mari était là, indemne semblait-il. Son cœur s'apaisa une seconde avant qu'elle ne réalise qu'il était couvert de sang. Elle faillit hurler, mais il lui lança un sourire rassurant :

— Tout va bien. Les secours vont arriver. Tu as une hémorragie, mais tout va bien se passer. Eléora, regarde-moi !

Elle avait froid, elle était si fatiguée. La pluie tombait drue, ruisselant sur elle, sur lui, se mêlant au sang avant de s'écouler en lents filets rougis qui allaient alimenter quelques flaques, teintant l'asphalte sombre. Clint était pâle, pourtant il affichait ce regard confiant qu'elle aimait tant. Elle se rassura l'espace d'un battement de cils, lui renvoyant un sourire tremblotant. Lorsque soudain une pensée, terrible, traversa son esprit en déroute : et Axelle ? Et sa sœur ? Effrayée, elle voulut se redresser. Toutefois elle était trop faible, elle ne parvint qu'à relever la tête. Ce fut suffisant pour l'apercevoir, par-dessus l'épaule de son mari penché sur elle afin d'exercer un solide point de compression et enrayer son hémorragie.

La jeune fille était encore dans le véhicule, elle était toujours en position assise et semblait somnoler. Soudain, elle releva les paupières. Son regard était morne, vacillant comme celui d'une bougie prête à s'éteindre. Avec effort, elle croisa celui de sa sœur, s'agrippant à elle avec une sorte d'énergie du désespoir. Comme électrisée, Eléora parvint à se redresser et tenta de repousser Clint, lançant dans un souffle qu'elle voulait un hurlement :

— Va t'occuper de ma sœur… Vite…

Sans relâcher la pression constante qu'il exerçait sur sa blessure, il répliqua d'un ton mordant, sec. Ce ton qu'il employait avec ses soldats, mais n'avait jamais usé avec elle.

— Arrête ! Shut up !

Elle blêmit, effrayée par sa détermination, ne sachant plus que faire. Elle était si faible. Elle gémit, croisa à nouveau le regard chancelant de sa sœur sans rien pouvoir faire d'autre. Par degré, il devint de plus en plus morne, vitreux, puis toute lumière parut le déserter.

Eléora hurla, appelant sa sœur dans un sursaut de volonté, avant de retomber inconsciente sur l'asphalte mouillé.

Lorsqu'elle revint à elle, elle sentit l'odeur écœurante des désinfectants hospitaliers, le bip bip d'un moniteur, la fraicheur d'un drap sur sa peau. Elle retint un cri bien inutile : elle savait avec certitude où elle se trouvait. Elle avait passé assez de temps en milieu hospitalier pour ça. La brume médicamenteuse qui opacifiait son cerveau se déchirait peu à peu, lui ramenant les souvenirs de ces dernières heures. Son cœur battait à tout rompre : Où était Clint ? Et Axelle ? La porte peinte d'un jaune solaire s'ouvrit sur une infirmière souriante, qui vérifia ses constantes d'un coup d'œil aux diverses machines sur lesquelles la jeune Française était branchée à l'aide de quelques électrodes. Elle se tourna ensuite vers elle, lui demandant quelque chose que l'esprit embrumé d'Eléora ne comprit pas. Elle ne put que lui répondre dans un murmure, en français, qui déstabilisa l'infirmière.

Par chance la porte fut à nouveau repoussée, livrant passage à une haute et surtout massive silhouette. L'homme aux cheveux bruns, presque rasés, fut près du lit en deux enjambées. Lui prenant la main entre les siennes, rudes et larges, il se pencha vers la jeune blessée, le regard inquiet et pourtant soulagé.

— Te revoilà parmi nous my love, je savais que tu ne laisserais pas tomber ! Je savais que tu te battrais…

Un sentiment de plénitude absolue l'envahit, que seul son contact pouvait lui apporter. Elle sentit la chaleur de ses doigts réchauffer les siens, glacés, leur communiquant une palette d'émotions qui toutes étaient la vie. Malgré sa faiblesse, elle resserra sa main sur la sienne, répondant à son amour par un sentiment de même intensité. Il effleura ses lèvres décolorées, résistant à l'envie de la serrer et de l'embrasser encore et encore. Il avait eu si peur.

Néanmoins elle était là, faible, mais vivante : vivante ! C'était tout ce qui comptait.

Du bout des doigts elle caressa son visage, si heureuse de le voir qu'elle ne pouvait plus ni réfléchir ni même respirer.

— Clint… J'ai rêvé… j'ai rêvé d'un accident… Un camion et la pluie…. Et…

Au fur et à mesure qu'elle parlait, les souvenirs affluaient tandis que la peur repoussait toute autre émotion, balayant tout sur son passage et enserrant son cœur d'une poigne terrifiante qui la fit suffoquer. En prenant garde à la perfusion reliée au bras mince de sa femme, il la prit dans ses bras, la serrant contre lui en murmurant du ton le plus tendre qu'il put, le plus calme aussi, malgré tout ce qu'il allait falloir lui dire :

— Honey, ce n'était pas un rêve. Nous avons bien eu un accident.

Il la sentit se raidir contre lui. Il poursuivit resserrant simplement son étreinte.

— Le chauffeur du camion devant nous avait bu, il a perdu le contrôle et avec la pluie son véhicule s'est couché. Tu as été blessée, mais tu vas bien. Ta jambe va bien. Tu as eu une hémorragie à cause d'une coupure très profonde et… Tu as perdu beaucoup de sang, à cause de ça et…

Il prit une grande inspiration, avant de laisser tomber avec une sorte de brutalité froide :

— Tu as perdu le bébé. Le choc a été trop fort pour un début de grossesse. Mais tu vas bien…

Elle se cramponnait à lui, si terrifiée qu'elle ne réalisait même pas qu'elle enfonçait ses ongles dans ses épaules. Si choquée qu'elle ne savait plus qu'éprouver, hors cette douleur irradiant tout son ventre. Elle gémit, se mordant les lèvres pour ne pas hurler. Le bébé, leur bébé, cet enfant qu'elle aimait déjà, n'était plus là, enfui comme un éphémère espoir.

Soudain, elle se remémora tout. Le sang, la peur, l'asphalte dur et froid, la pluie qui accentuait le côté dramatique et chaotique de la scène, et surtout le regard perdu de sa sœur.

— Axelle… ? murmura-t-elle dans un filet de voix qui était moins une question qu'une affirmation.

Elle sentit Clint hésiter, son souffle se bloquer, ses muscles se raidir, tandis qu'il songeait à la meilleure manière de lui annoncer la nouvelle. Il y avait pensé toute la nuit. Il n'avait fait que ça et aucune idée n'avait jailli. Il n'y avait aucune manière délicate d'annoncer ce genre de nouvelle. Il le savait. D'une voix tendue, il glissa dans le creux de son oreille.

— Axelle n'a pas survécu my love…

Avec une force insoupçonnée au vu de son état, elle le repoussa. Son regard printanier, brûlant de peine et de colère.

— Non ! Elle était derrière, elle n'avait rien ! Tu mens !

L'infirmière qui s'était éclipsée sans que nul n'y prête attention, revint accompagnée d'un médecin. Il posa une main sur l'épaule du sergent, l'invitant à se relever. À contre cœur, Clint relâcha son étreinte, laissant le docteur examiner la jeune femme. Après quelques secondes, il hocha la tête avec une sorte de satisfaction, tandis qu'Eléora s'accrochait à son bras :

— Ma sœur… Comment va ma sœur !

Se retranchant derrière un ton professionnel, le médecin expliqua :

— Votre mari a raison, la passagère arrière est décédée. Elle n'avait pas attaché sa ceinture, le choc, dû à sa propulsion contre les sièges avant, lui avait occasionné des hémorragies internes trop importantes. Lorsque les secours sont arrivés, ils n'ont pu que constater son décès.

La nouvelle ne trouvait pas son chemin au travers de ses pensées. Elle refusait qu'Axelle soit morte. Comment était-ce possible ? Tout ce cauchemar, ce nouveau cauchemar ne pouvait être vrai. Elle se réveillerait, somnolente et ramollie par ce début de grossesse et Axelle sortirait de leur petite chambre d'amis, grognon et les cheveux emmêlés.

Bien sûr, elle eut beau fermer les yeux, la réalité demeurait ce qu'elle était. Quarante-huit heures plus tard elle put sortir de l'hôpital et rentrer chez elle. Chez eux, dans cette maison qui était devenue le centre de leur vie enfin réunie. Elle y déambulait, hébétée et incapable de faire quoi que ce soit. Elle commençait une tâche, puis s'effondrait se souvenant du regard de sa sœur. Elle avait encore mal au ventre, mais ce n'était rien en comparaison de la douleur de son cœur pleurant à la fois la perte de son bébé à venir et celle d'Axelle. La mort de Noah avait été un choc terrible, qu'elle avait encore du mal à appréhender, toutefois, le décès d'Axelle fut la goutte irrémédiable, l'obstacle qu'elle ne pouvait franchir. Il est faux de dire que les malheurs n'arrivent qu'à ceux qui peuvent les supporter : La mort d'Axelle était insupportable.

Chapitre 33

La nuit elle se levait, laissant Clint dormir dans leur lit, tandis qu'elle se lovait dans la balancelle, entortillée dans un plaid, ne pouvant que penser en boucle aux évènements de ce jour-là. Bercée par la brise nocturne qui jouait dans les branches hautes du pacanier, elle appuyait sa tête contre un coussin, ressassant encore et encore chaque seconde de cette tragédie. Parce qu'il faut toujours un coupable ou un responsable, que le chauffeur ivre et alcoolique n'était pas une cible suffisante, elle reporta sa colère contre Clint. Comment ne pas se rappeler qu'il n'avait pas levé le petit doigt pour Axelle ? Qu'il l'avait au contraire sauvée elle, au détriment de sa sœur !

Pourquoi n'avait-il rien fait pour Axelle ? Pourquoi ? Lorsque, éreintée par ses nuits sans sommeil, elle lui posait cette question, il ne pouvait que répondre qu'il avait paré au plus urgent : juguler l'hémorragie artérielle qui risquait de la tuer en quelques minutes, tout en appelant les secours. Oui, Axelle allait mal, il l'avait vu en une fraction de seconde. Cependant, comment pouvait-il avouer à Eléora qu'il avait immédiatement compris qu'il n'y avait plus rien à faire pour elle ? Que tout ce qu'il pouvait tenter, c'était de la sauver elle. Alors, il s'était évertué à le faire avec rage. Elle était son tout, la lumière de sa vie et rien ni personne ne la lui enlèverait. Même pas l'injustice d'une vie et d'un destin qui, indifférents aux épreuves passées, s'ingeniaient à démontrer toute leur froide iniquité.

La colère et le ressentiment, peu à peu, devinrent les béquilles qui permettaient à Eléora de tenir debout. Elle ne pouvait plus regarder son mari sans voir l'ultime regard de sa sœur, sans penser à

Axelle mourante, seule et effrayée, dans une épave tordue, sous une pluie indifférente.

Pourtant elle l'aimait ! Son cœur se déchirait. Comment faire cohabiter des sentiments aussi opposés ? Elle se renferma, maigrit et Clint ne pouvait qu'impuissant la voir sombrer dans une contradiction d'émotions violentes. Il ne savait plus que faire. Elle avait refusé toutes ses tentatives de discussions, celles-ci se terminant en champ de bataille dont ils ne sortaient indemnes ni l'un ni l'autre. Plusieurs fois, il était parti en claquant la porte, la laissant effondrée et en larmes dans leur maison en bardeaux blancs. À chaque fois, il s'en voulait. Hélas, la patience n'était pas sa vertu première. Un matin, alors qu'ils avaient passé une partie de la nuit à se disputer et à se déchirer, leurs distensions augmentées par leurs différences culturelles, il revint garant son nouveau pickup dans l'allée. Il en descendit tenant dans ses bras deux chiots au pelage louveté et touffu. Il les posa sur le tapis chamarré du salon, contemplant, le cœur serré de tristesse, Eléora endormie en boule accablée sur le canapé. Les petits chiens, joyeux, turbulents et curieux se précipitèrent vers le plaid qui pendait jusqu'au sol, ne couvrant plus qu'imparfaitement la dormeuse. En grognant ils se suspendirent à la couverture, la tirant avec tellement d'entrain qu'elle finit par leur dégringoler dessus, extirpant du même coup Eléora du sommeil. Elle ouvrit les yeux juste à temps, pour voir deux minuscules tornades grises et rousses, se jeter sur elle afin de la couvrir de léchouilles. Elle les souleva, les serrant contre elle, tentant de calmer leur ardeur. Elle releva la tête, cherchant Clint du regard. Elle ne vit que son dos dont les épaules tendaient sa veste de treillis. Il refermait la porte vitrée derrière lui, regagnant son véhicule afin d'aller travailler. Elle resta là, éperdue, des larmes coulant sur son visage que les chiots essuyaient d'un coup de langue. Elle aurait voulu lui courir après, sauter dans ses bras et l'embrasser pour tout oublier : l'accident, Axelle et leur bébé. Elle voulait sentir ses bras se refermer sur sa taille et sa bouche glisser sur la sienne. Elle voulait plus que tout son amour, pourtant elle ne bougea pas. Elle resta pétrifiée avec ses chiots lovés contre elle.

Cependant, des chiens aussi mignons et affectueux soient-ils, ne pouvaient à eux seuls résoudre un tel désarroi psychologique. Les deux petits Loups de Tchécoslovaquie animèrent de leur mieux la maison blottie sous le pacanier, ce fut néanmoins insuffisant.

Un soir, fatigué, après avoir dû sévir contre un groupe de commandos en formation, Clint poussa la porte, un peu étonné de trouver la maison plongée dans l'obscurité. Il appuya sur l'interrupteur le plus proche tout en appelant Eléora. Aucun bruit ne lui répondit hors le grincement imperceptible de la balancelle sous la véranda. Soudain inquiet, il ouvrit toutes les portes, vérifia chaque pièce. La maison était vide. Elle était même au-delà : elle semblait désertée. Mû par une peur qui le faisait trembler, il ouvrit la porte de l'armoire de leur chambre, repoussant le vantail avec tant de force qu'il se dégonda sans même qu'il s'en rende compte.

Il gémit, en proie à une douleur qui lui fouilla le cœur avec tant de violence, qu'il chancela. Il n'avait pas besoin d'en voir plus. Il savait. Il se laissa tomber sur le parquet, ses rangers laissant une traînée boueuse qui n'avait nulle importance. La tête entre les bras il pleura, parce qu'il était un être humain avant d'être un soldat, et nul ne peut rester de marbre lorsque l'amour de sa vie l'abandonne.

Il resta ainsi, prostré, hagard sans doute un long moment. Quand il releva enfin la tête et rassembla ses pensées, il eut du mal à déplier sa carcasse en voulant se relever. Les blessures qu'il avait subies se rappelant soudain à lui. D'un geste machinal, il massa sa jambe s'efforçant de réfléchir.

Elle ne pouvait pas être partie comme ça, elle avait dû lui laisser un mot, un message. Il l'appela sur son téléphone. Toutefois ce dernier, posé en évidence sur la table basse du salon, sonna sans pouvoir lui apporter le moindre réconfort. Au bout d'un long moment, après avoir retourné chaque centimètre de la maison, il dût se rendre à l'évidence : elle avait bel et bien disparu sans explication. La douleur était telle qu'il se résolut à appeler les parents d'Eléora, bien qu'ils ne soient pas en très bons termes. Il ne se souvenait que trop bien des réflexions de la mère de la jeune fille, lorsqu'il avait demandé cette dernière en mariage. Depuis, les rapports avaient été encore plus tendus, le décès d'Axelle, exacerbant leur rancune. Eux aussi lui reprochaient la mort de leur fille cadette, même s'il n'y était pour rien, même si ses réflexes et son sang-froid avaient permis de sauver l'une de leurs filles. Même si la mort d'Axelle était due en partie à sa propre négligence : elle aurait juste attaché sa ceinture et rien de tout cela ne serait survenu. Mais les parents d'Eléora, aveuglés par leur chagrin, avaient cherché et trouvé un bouc émissaire : lui. Sa mère surtout, avait contribué à empoisonner les pensées d'Eléora. Elle l'appelait chaque jour, pleurant sur Axelle, reprochant à sa dernière fille d'être vivante et lui refusant le droit au bonheur.

Ce fut son père qui par chance décrocha. Son anglais n'était pas très bon, suffisant néanmoins pour qu'il explique que sa fille n'était pas en France ; du moins, n'avait-elle pas trouvé refuge en rentrant chez eux. Choqué, il reprocha à Clint le départ et la disparition d'Eléora, allant jusqu'à lui raccrocher au nez, le laissant dans une douloureuse certitude : il était seul et il n'était pas étonnant qu'elle n'ait pu tenir, entre l'incompréhension de ses parents, et la sienne aussi.

Il avait vu combien elle était malheureuse, pourtant rien de ce qu'il avait pu faire, ni son amour non plus, n'avait réussi à la faire rester. Où était-elle à présent ?

C'était une question qu'il se poserait souvent. Trop souvent. Jusqu'à l'obsession, jusqu'à en devenir fou.

Aujourd'hui

La tasse acheva sa chute, lente, durant laquelle Eléora avait revécu en accéléré toutes ces années, tous ces moments heureux ou non. Leur rencontre, leur connivence et cet amour, intense, brûlant, qu'elle éprouvait. Elle avait réussi à accepter l'injustice de la vie, à admettre que rien n'est certain ni payé par avance. Qu'avoir encaissé une catastrophe ne signifie pas pour autant qu'on soit quitte. Elle n'avait cependant pas anticipé le fait que ce même destin qui lui avait tant pris, pourrait un jour lui donner en retour.

Avec un bruit sourd, la tasse éclata sur les planches du parquet, répandant le café sur le bois en sus des éclats de céramique qui giclèrent avec fracas, faisant sursauter la jeune femme, la ramenant à la réalité. Alerté par le fracas, les deux chiens relevèrent brusquement la tête, se tournant d'un même mouvement vers la cabane. Le pilote se redressa lui aussi. Les chiens bondirent soudain vers la maison suivis par Clint, dont le cœur brisé reprenait vie.

En quelques foulées, il fut devant la porte que les chiens avaient franchie sans se poser aucune question. Lui ne le pouvait pas. Il scruta la pénombre, apercevant une silhouette, l'éclat d'un regard printanier à mi-chemin entre le bleu et le mauve, le reflet d'un rayon automnal sur de l'acier. Il percevait sa respiration hachée, tandis que les chiens assis l'un à côté de l'autre, les dévisageaient tous deux sans comprendre. Ils agitaient le bout de leur panache louveté, faisant un léger bruit feutré sur le parquet, la tête droite et la langue pendante sur un sourire encourageant. Eléora, figée, ne pouvait plus bouger. Appuyée contre la planche qui faisait office de plan de travail pour la cuisine, elle ne pouvait que le fixer, effarée et avide, notant les rides nouvelles qui marquaient à présent les coins de ses yeux, accentuant la dureté de son regard et qui toutes étaient de sa faute.

Il fit un pas de plus, s'arrêtant sur le pas de la porte. Alors il la vit et ce n'était pas un rêve. Malgré la fraîcheur de l'air, elle portait un short en toile, dévoilant des jambes musclées et bronzées dont l'une se terminait par une solide prothèse adaptée à la marche. Un tee-shirt blanc dépassait d'un pull chamarré, tricoté main. Ce pull…. Sa grand-mère le lui avait envoyé pour son anniversaire lorsqu'ils habitaient à Fort Bragg. Avec la force d'un barrage qui se rompt, tous ses souvenirs lui revinrent, tous ses moments de bonheur, de complicité, de tendresse. Il vacilla, se retint au chambranle tout en trouvant la force de chuchoter :

— Eléora…

Il ne pouvait détacher son regard d'elle. Il l'avait cherché si longtemps, puis il avait cherché à l'oublier et aucune de ces solutions n'avaient fonctionné. Aujourd'hui, alors qu'il tentait de se reconstruire sans elle, sans son souvenir, elle était là. Son cœur battait, plus fort encore que sous le feu ennemi, remué par toutes ces émotions, toutes ces années d'espoirs et d'amertume.

Alors, leurs regards se croisèrent. Rien ne pouvait être effacé, mais l'amour lui, était toujours là, vivant, débordant de leurs âmes et les laissant chancelants. Plantée au milieu des tessons de la tasse brisée, le visage livide, Eléora avança une main timide vers lui, la posant sur son bras, comme pour s'assurer de sa matérialité. Elle laissa échapper un imperceptible gémissement au contact du cuir de la manche de son blouson, et des muscles qu'elle percevait en dessous. En dépit des années, leurs corps gardaient la force d'habitudes tendres. Il ne put résister plus longtemps. Il ouvrit les bras, elle se lova contre lui, leurs cœurs battant à l'unisson comme avant. Il glissa son visage dans sa nuque, respirant son odeur douce qui lui avait tant manquée. Elle se raccrocha à lui, le visage pressé contre son blouson, des larmes qu'elle ne sentait pas coulant sur le cuir sombre. Il était là, rien d'autre n'avait d'importance.

Au bout d'un temps incertain, il desserra son étreinte afin de planter son regard dans le sien, aussi délavé que celui d'une noyée et pourtant débordant de joie.

— Pourquoi Eléora ?

Elle soupira, puis glissa sa main dans la sienne tout en balbutiant :

— Ce n'est pas toi que j'ai quitté, c'est ma douleur que je voulais abandonner. Pas toi.

Elle ajouta ensuite dans un pauvre sourire tremblant :

— As-tu quelques minutes pour un café ?

Son regard brun s'éclaira, tandis qu'il mêlait ses doigts aux siens :

— J'ai toute la vie.

Épilogue

Ils avaient discuté longtemps, autour de tasses dans lesquelles le café avait refroidi, les chiens ronflants en tas heureux à leurs pieds. Il lui raconta ses longues années passées à la chercher, puis ces derniers mois occupés à l'oublier. Il avait commencé par quitter l'armée et sur les conseils de son grand-père, par faire quelque chose qu'il aimait. Il voulait être libre, seul, et il aimait piloter ; alors ce job au fin fond du Canada semblait fait pour lui. Il avait commencé juste quelques semaines auparavant. Il aimait voler au-dessus des forêts boréales enflammées par l'automne. Il aimait les sourires de ceux à qui il apportait vivres et courriers. Il aimait savoir que ce qu'il faisait, était utile et comptait. Il aimait piloter le léger et maniable monomoteur, et il aimait par-dessus tout ce sentiment de liberté absolue qu'il éprouvait lorsqu'il était seul dans les airs. Quitter l'armée avait été une décision compliquée, mais il le savait, elle était la bonne. Chaque jour passé dans cet avion à parcourir le ciel, lui confirmait qu'il avait eu raison.

Il avait renoncé à la retrouver. Il avait renoncé à elle. Après tout, au bout de cinq ans, cinq longues et interminables années, avait-elle dû refaire sa vie et le reléguer dans un coin obscur de ses pensées. Il devait faire de même.

Elle pleura, beaucoup, bien qu'elle sut tout le mal terrible qu'elle lui avait fait. Pourtant à l'époque, s'enfuir avait été son unique alternative, son unique échappatoire. Accepter la disparition d'Axelle était de l'ordre de l'impossible, et même si elle savait qu'elle avait tort, elle ne pouvait s'empêcher de lui reprocher de ne pas l'avoir sauvée et de l'avoir choisie elle. C'était un poison, copieusement alimenté par la rancœur de sa mère. Que pouvait-elle faire ? Lorsqu'elle ressentait un fugitif instant de joie, elle se le reprochait, songeant que sa sœur ne pouvait plus rien éprouver.

Alors elle avait pris ses chiens et rompant les ponts avec son passé, elle avait couru droit devant elle. Trois ans auparavant, lorsqu'un peu rassérénée elle était tombée par hasard, sur cette annonce de cabane à vendre, elle y avait vu un signe. Elle n'avait pas hésité une seconde et avait débarqué dans ce coin glacé et isolé de tout, le cœur battant et tout à coup apaisé.

Elle avait renoué des contacts avec divers auteurs et maisons d'éditions pour lesquels elle avait travaillé lorsqu'elle était étudiante, se créant ainsi petit à petit une clientèle suffisante pour lui permettre de vivre. Ses frais étaient insignifiants, aussi mettait-elle la plupart de l'argent de ces corrections de côté, mais ce n'était pas là l'important pour elle. Ce qui était fondamental, c'est qu'elle pouvait vivre une vie en accord avec ses pensées et sa mélancolie. Au cœur de cette forêt, sur les bords de ce lac gelé la moitié de l'année, elle était parvenue à une sorte d'équilibre précaire. Toutefois, elle n'avait pu l'oublier. Elle portait toujours son alliance, tel un fil secret qui aurait relié son âme à la sienne.

Sans un mot, il s'était levé et avait attiré la jeune femme, sa femme, contre lui la serrant à l'étouffer avant de glisser ses lèvres sur les siennes, de goûter à nouveau à sa bouche, le cœur battant et proche de la syncope ; pour enfin glisser dans le creux de son oreille :

— Où que tu ailles je te chercherai sans relâche et je te retrouverai…

Mars 2018

ISBN : 979-10-96202-31-7
Isabelle Morot-Sir, République Tchèque
www.isabelle-morot-sir.com
Texte protégé, toute reproduction réservée
Couverture : Towani
Mise en forme : Jeanne Sélène
Dépôt légal :
Deuxième trimestre 2018